I. DIGAS   Liebevolle Feuerküsse

I. DIGAS ist das Pseudonym von einem deutschen Autoren, der seit seinem 18. Lebensjahr das Spanking liebt und es auslebt.

I. DIGAS

Liebevolle Feuerküsse

Neue Spankinggeschichten

© 2022 I. DIGAS

Herstellung und Verlag: BoD – Books on Demand, Norderstedt

Printed in Germany

ISBN 978-3-7568-3268-2

Titelfoto: I. DIGAS

Inhaltsverzeichnis

Die Sehnsucht nach Hieben

Draußen regnete es in Strömen, als ich nach einem langen und mit viel Ärger gespickten Arbeitstag nach Hause kam. Wie immer in den letzten sechs Monaten war die Wohnung leer, weil niemand mehr auf mich wartete. Meine Frau hatte mich verlassen, um sich an der Seite eines anderen neu zu erfinden und zu verwirklichen – was auch immer sie sich darunter vorstellen mochte. Immerhin hatte sie bei ihrem Auszug nicht viel mitgenommen, lediglich ihre Kleidung und ein paar Haushaltsgegenstände. Alles andere inklusive der Möbel hatte sie mir gelassen, weil der Neue an ihrer Seite ein fertig eingerichtetes Haus besaß, dessen Einrichtung viel erlesener als die bei mir war. Nun ja, auf diese Weise hatte ich immerhin eine möblierte und keine halbleere Wohnung behalten. Bei den bestehenden Lieferschwierigkeiten, von denen auch die Möbelbranche betroffen war, sollte ich das wohl als einen Vorteil werten. Leider hingen aber an jedem Möbelstück auch der Geruch der Erinnerung an vergangene Zeiten, die durchaus schön waren – abgesehen von den letzten Monaten, aber das ist ja sicher verständlich.

Neben den Möbeln, den Büchern, CDs und sonstigen Sachen hatte Sabine, meine Ex-Frau, sogar unsere Sexspielzeuge zurückgelassen. Die Sammlung bestand im Wesentlichen aus einigen Vibratoren und Dildos sowie einer großen Auswahl an Rohrstöcken, Peitschen und Paddle. Nachdem wir anfangs recht zaghaft mit Spanking experimentiert hatten, war uns schnell klar geworden, dass das genau unsere Vorliebe war. Natürlich waren es anfangs eher spielerische Klapse und keine wirklichen Schläge gewesen, aber im Laufe der Zeit spielten wir mit der Intensität der Hiebe und erhöhten sie mal bewusst, mal unbewusst immer weiter. Benutzte sie anfangs ihre Hand, nahm sie irgendwann beinahe spielerisch einen Kochlöffel zur Hand und setzte den ein. Als der nicht mehr genug Abwechslung bot, suchten wir nach neuen Utensilien und wurden rasch fündig. Also wuchs unsere Sammlung rasch an.

Ja, ich liebte es, von einer Frau den Hintern versohlt zu bekommen, und sie liebte es, mich mit den Strafinstrumenten gründlich zu bearbeiten. Zwar benutzte sie im Laufe der Jahre jedes unserer Schlagwerkzeuge, damit ich ‚Abwechslung‘ hatte, wie sie sagte, aber besonders angetan hatte es ihr die Gummipeitsche. Für meinen Geschmack verursachte sie die gleichen Schmerzen wie ein Rohrstock, nur hinterließ sie im Gegensatz zum Rohrstock oder dem Paddle keine Spuren, was wir beide als Vorteil ansahen. Gut, kurz nach einer Züchtigung leuchtete meine bestrafte Kehrseite in einem hübschen Rot, aber das verblasste recht schnell und es blieben weder Striemen noch blaue Flecken zurück. Auf diese Weise konnte ich jederzeit mit meiner Frau ins Schwimmbad ebenso wie ins Fitnessstudio gehen und dort sogar die Sauna aufsuchen, ohne aufzufallen oder komische Blicke zu ernten. Sabine bemühte sich, bei den Terminen für die gemischte Sauna dabei zu sein, denn sie erregte der Gedanke, dass ich am Vorabend ordentlich ausgepeitscht worden war und nun niemand etwas davon ahnen oder bemerken konnte. Wie sehr es sie antörnte, erkannte ich an ihren steifen Nippeln, zudem konnte ich ihre Gedanken nur allzu leicht erraten.

Warum sie unsere Sammlung an ‚Spielzeug' nicht ganz oder zumindest teilweise mitgenommen hatte, konnte ich mir nicht erklären. Nicht mal ein einzelnes Instrument hatte sie als Andenken behalten. Vielleicht stand ihr Lover nicht auf Spanking, oder er hatte auch in diesem Punkt eine größere und bessere Auswahl zu bieten.

Was auch immer Sabine bewogen hatte, so zu handeln, wie sie es getan hatte – für mich war seitdem alles anders. Sie war gegangen und würde nicht mehr zu mir zurückkehren, das stand fest. Dafür waren mir neben den Erinnerungen die Strafinstrumente geblieben, die wie eh und je säuberlich aufgereiht in ihrem Schrank lagen. Nur zu gerne würde ich jetzt ihre Kommandos ‚Hose runter!' und 'Bück dich!' hören, dazu dann ihr leises Lachen sowie die spöttischen Kommentare. Zunächst ihre verbalen Demütigungen beim Fallenlassen von Hose und Unterhose, später dann ihr purer Hohn, wenn ich mich wieder unter einem besonders scharfen Hieb hin und her wandte. Ja, sie verstand es, mich mit Hieben in die höchsten Sphären der Lust zu katapultieren, aber ebenso konnte sie mich gnadenlos in die tiefste Hölle mit größten Schmerzen treiben. Sie wusste immer ganz genau, welche der beiden Möglichkeiten ich gerade zum höchsten Lustgewinn brauchte, und genau diese wandte sie an und gab mir das, was ich brauchte und wonach ich mich mit jeder Faser meines Körpers sehnte! Natürlich beließ sie es dabei nicht nur bei den Hieben und ihren verbalen Demütigungen, sondern nutzte mit zunehmender Spieldauer auch andere Spielsachen wie beispielsweise Klammern, Ketten, Analdildos und Vibratoren. Wie oft hatte sie mich nach einer erotischen, aber auch nach einer wirklich strengen Züchtigung gefesselt und mir dann etwas in meinen Anus eingeführt, um sich an meinen Reaktionen zu ergötzen und mein Glied versteifen zu sehen. Wenn ich dann in ihren Augen scharf genug war, musste ich sie befriedigen – dabei entschied sie immer erst im letzten Augenblick, welche Öffnung ich benutzen durfte.

Während ich in meinen Erinnerungen schwelgte, hatten mich meine Beine unmerklich ins Schlafzimmer und dort zum Schrank mit den Spielsachen geführt. Erst jetzt bemerkte ich, wie meine Hände sanft über die Strafinstrumente strichen. Bei den Dildos und Vibratoren zögerte ich einen kurzen Moment, aber dann berührte ich auch sie. Eigentlich hatte ich es nicht gemocht, wenn sie mir etwas in meinen Anus steckte, aber sie wollte es unbedingt, also ließ ich sie gewähren. ‚Geben und Nehmen' war lange Zeit der Grundsatz unserer Beziehung gewesen.

Beim Anblick der Spielsachen wurde mir ganz warm ums Herz. Wie gerne würde ich endlich mal wieder die Hitze von Hieben auf meinem Gesäß spüren, dieses Gefühl von Schmerz, Hitze und Lust fühlen! Danach, wenn der letzte Hieb gesetzt und die von ihm ausgelöste Welle durch meinen Körper gerast wäre, würde ich sie bedienen wollen, ob mit Mund oder Glied wäre mir egal. Ich liebte beides, hatte sie liebend gerne auf die eine oder andere Weise beglückt. Doch all das war nun vorbei, sie war fort, fort von mir und von dem Ort unserer schönen Stunden. Ich war zurückgeblieben mit meinen Erinnerungen und den Gegenständen, die mir und ihr einst viel bedeutet hatten.

Wehmütig fuhr meine Hand an der Gummipeitsche entlang. Einem Impuls folgend ergriff ich sie und versuchte, mich damit zu schlagen. Der Erfolg war mäßig – wie immer in den letzten Monaten. Es war ein Unterschied, ob Sabine die Peitsche schwang oder ob ich mich selber damit zu schlagen trachtete. Einmal mehr legte ich das Strafinstrument enttäuscht beiseite und griff stattdessen nach einem Vibrator. Den hatte ich mir schon öfter eingeführt, und während er meine Lust anheizte, schwelgte ich in Gedanken bei unseren Sexspielen. Natürlich war es ohne sie nicht so schön, das Gerät in mir zu haben, und auch das Aufsteigen meiner Lust dauerte deutlich länger. Ich vermisste in diesen Situationen ihre Stimme und den von ihr wohlformulierten Spott, der meine Lust nur noch mehr anheizte.

Natürlich wurde ich auch dank meiner Gedanken an Sabine bei meinem einsamen Spiel mit dem Vibrator heiß, aber sie war nicht da, um meine Lust zu empfangen. Mir blieb nichts anderes übrig, als inständig an sie und an unsere gemeinsame Zeit zu denken, während ich meinen Hodensack eigenhändig entleerte – in ein Kondom, um nicht das Bett zu beschmutzen. Mit ihr wäre das undenkbar gewesen, da durfte ich einfach kommen ohne Rücksicht, wohin die Ladung flog. Im Gegenteil, mit gespielter Wut hatte sie mich anschließend ‚gezwungen', die von mir angerichtete Schweinerei zu beseitigen, und begleitet von ihren Beschimpfungen und einigen Hieben musste ich das Bett neu beziehen und mit der verschmutzten Bettwäsche die Waschmaschine befüllen und anstellen.

All das fehlte mir seit ihrem Auszug so sehr! In Gedanken durchlebte ich unsere gemeinsame Zeit wieder und wieder. Dabei spürte ich jedes Mal aufs Neue, wie die Lust nach Hieben in mir aufstieg. Doch Sabine war weg und ich blieb ohne Züchtigung – meine Lust wurde nicht mehr befriedigt.

Natürlich versuchte ich, die Trennung von Sabine durch das kennen lernen einer anderen Frau zu überwinden. Nachdem ich den ersten Schock unserer Trennung halbwegs verdaut hatte, machte ich mich also auf die Suche nach einer anderen Frau, die meine Vorlieben verstehen konnte und sich ihrer würde annehmen können. Doch das war nicht so einfach, denn zum einen konnte ich aus Angst, ausgelacht zu werden, nicht frei über mein Faible als Liebhaber eines versohlten Gesäßes reden, und wenn es doch möglich war, waren die Damen lieber passiv als aktiv.

Aber gerade, als ich schon alle Hoffnung aufgeben wollte, begegnete ich Melanie. Wir kamen ins Gespräch, und ich konnte sogar über mein Faible sprechen. Natürlich etwas verschämt, aber immerhin, sie hatte etwas an sich, dass mich zum Reden brachte. Alles in allem schien sie hervorragend zu mir zu passen, und so wurden wir ein Paar. Doch leider stellte sich dann sehr schnell heraus, dass sie eine Hardcore-Feministin war, für die alle Männer nur Schweine waren. Das bekam ich deutlich zu spüren, denn kaum war unsere Beziehung bekannt, wurde ich von ihr für jede Kleinigkeit mit sehr großer Strenge bestraft, teilweise auch vor ihren Freundinnen, die alle vom gleichen Schlage wie Melanie waren. Ich war nicht mehr der Mann und Partner an der Seite einer Frau, sondern wurde zu ihrem persönlichen Sklaven degradiert, dessen Wünsche nicht zählten. Es hatte mich viel Mut und Kraft gekostet, jemanden zu finden, der meine Vorliebe ernst zu nehmen schien, aber noch mehr Kraft und Energie kostete es mich, mich aus dieser Beziehung wieder zu lösen. Immerhin, das musste ich Melanie zugute halten, hat sie mich nie außerhalb ihres Frauenkreises vorgeführt und auch niemandem außerhalb ihres feministischen Frauenkreises von unserem Sexleben und insbesondere meinen Vorlieben erzählt. Vielleicht geschah das aber auch aus Sorge, dass ich sie anderenfalls wegen Körperverletzung oder übler Nachrede hätte anzeigen können.

Wie auch immer, irgendwann war ich wieder solo. Seit der Trennung von Melanie hatte ich mich nicht mehr getraut, mit jemandem über mein Faible zu sprechen, ausgenommen mit Leuten auf einschlägigen Spankingseiten im Internet. Angesichts meiner Ortsgebundenheit sowie der weiten Entfernungen zu anderen Forenmitgliedern war die Entwicklung einer richtigen Beziehung aber leider sehr schwierig bis unmöglich. Vereinzelte Ansätze hatte es natürlich von meiner Seite und auch von Seiten anderer Leuten gegeben, aber leider waren sie immer sehr rasch im Sande verlaufen.

Als letzten Ausweg hatte ich schließlich verschiedene Dominas aufgesucht, aber leider ist es denen nur darum gegangen, mich rasch fertigzumachen, damit sie den nächsten Kunden empfangen konnten. Ein Einlassen auf meine Wünsche wurde zwar immer zugesagt, aber die Ausführungen waren dann sehr dürftig, vom Fehlen von Gefühlen ganz zu schweigen. Diese kann man bei professionellen Dominas wohl auch nicht erwarten, aber genau das brauchte ich, um glücklich sein zu können.

Tief in meine Gedanken versunken wanderte ich nun schon eine geraume Weile in meiner leeren Wohnung hin und her, in der Hand versonnen die mir allzu gut bekannte Gummipeitsche haltend. Wäre ich zwischen zwanzig und dreißig Jahren alt, wäre sicher vieles einfacher, obwohl die Gesellschaft ringsherum immer konservativer zu werden schien. Aber so, in meinem Alter, fällt ein Neuanfang schwer, und mein geliebtes Faible macht es nicht einfacher. Das Schicksal hatte zugeschlagen, aber ob es sich noch einmal zu meinem Gunsten wenden würde? Ich hoffte es, doch bis dahin blieb die Sehnsucht nach Hieben unerfüllt. Leider bis heute...

Naschkater

Das Leben hält für denjenigen, der mit offenen Augen herumgeht, viele Verführungen bereit. Einige davon findet man im Supermarkt, in der Süßwarenabteilung. Ich esse gerne hin und wieder etwas süßes, weshalb mich diese Regale immer magisch anziehen. Wenn ich dann mal wieder alleine beim Einkaufen war oder meine Freundin bei der Einkaufstour begleiten durfte, konnte ich nicht widerstehen und kaufte mir immer etwas. Da Carola aber nicht wollte, dass die Süßigkeiten meine Figur ruinierten oder sich negativ auf meine sportlichen Aktivitäten auswirkten, rationierte sie die verführerischen Sachen. Das Recht dazu hatte sie, denn in unserer Beziehung war sie tonangebend und ich ordnete mich unter. Ich durfte die tollen Sachen also kaufen, aber wenn ich die Süßigkeiten essen wollte, musste ich bei ihr darum bitten. Meistens bekam ich etwas, manchmal lehnte sie es aus einer Laune heraus ab. Ihre ablehnerde Entscheidung zu hinterfragen, war nicht ratsam, denn das bedeutete fast immer, dass ich wegen ‚nervenden Verhaltens' eine empfindliche Strafe aufgebrummt bekam. Nur bei sehr, sehr guter Laune sah sie über meine diesbezügliche Dummheit der Nachfrage hinweg.

Eines Tages war Carola jedoch nicht zu Hause, und es war absehbar, dass sie mehrere Stunden wegbleiben würde. Während ich an diesem Tag die auf mich entfallenen Arbeiten verrichtete, bekam ich plötzlich Appetit auf etwas süßes. Wer schon selber einmal dieses Bedürfnis verspürt hat, wird wissen, welchen aussichtslosen Kampf ich gegen meine Gelüste führte: Einerseits durfte ich mich nicht alleine an den Sachen bedienen, aber andererseits nahm der Appetit auf etwas Süßes immer mehr Platz in meinem Denken ein. Schließlich war es soweit, und der Gedanke an die tollen Sachen, die wir nach dem letzten Einkauf im Haus hatten, beherrschte alles in meinem Kopf, ich konnte nur noch an Süßigkeiten denken und mich nur noch mit Mühe auf die Hausarbeit konzentrieren. Zu gerne hätte ich den Kampf aufgegeben und mich ohne Carolas Erlaubnis bedient, aber dabei gab es für mich ein Problem: Die Sachen waren in einem Schrank eingeschlossen, und der Schlüssel befand sich in Carolas Handtasche – mit der sie gerade unterwegs war. Damit waren meine Chancen auf Null gesunken, und beinahe schlagartig ließ der Wunsch nach Süßkram nach.

In der Folgezeit bemühte ich mich, meine Konzentration ganz auf die zu erledigenden Aufgaben zu richten. Das ging auch ganz gut, bis ich etwas in den Wohnzimmerschrank legen musste. Ich öffnete die Tür, und da war sie: eine große Schachtel Pralinen, die Carola ganz für sich beanspruchte. Es war Markenware, wie unschwer an dem aufgedruckten Namen zu erkennen war, und zugleich prangten auf dem Deckel farbenfrohe Fotos des Schachtelinhalts. Sofort war die Naschsucht wieder da, aber ich konnte ja unmöglich eine von Carolas Pralinen mopsen. Es war ihre Schachtel, und sie hatte mir unmissverständlich klar gemacht, dass ich meine Finger davon zu lassen hätte. „Falls nicht", hatte sie gedroht, „werde ich dich so hart und absonderlich rannehmen, dass du nie, nie wieder an meine Pralinen gehen wirst!" Ich zweifelte keinen Augenblick daran, dass sie ihre Drohung in die Tat umsetzen würde, wenngleich ich nicht wusste, wie die Strafe aussehen würde. Gut, sie würde mir sicher den Hintern versohlen, wahrscheinlich mit dem Rohrstock, aber das war ja nichts besonderes, das kam ja des Öfteren vor.

Ich versuchte, den Blick von der verführerischen Schachtel zu nehmen. Leider war aber wieder die Gier nach etwas Süßem mit neuer und diesmal noch intensiverer Leidenschaft als vorhin erwacht, so dass ich meine Augen nicht abwenden konnte. Natürlich redete ich mir ein, dass ich niemals eine Praline aus der Schachtel nehmen würde - aber einen Blick auf den Inhalt konnte ich doch werfen, das war ja nicht weiter schlimm, oder? Also drehte ich die Schachtel um, und nun strahlten mir die verkleinerten Abbildungen der sechs Sorten entgegen, dazu die jeweilige Kurzbeschreibung der Geschmacksrichtung. Nach dem Aufdruck zu urteilen beinhaltete der Karton Nougatpralinen, Marzipantrüffel, Milchcremepralines... Die Beschreibung ließ mir das Wasser im Munde zusammenlaufen, und nun hätte ich doch zu gerne eine davon genascht. Aber das ging ja nicht, denn die Packung gehörte Carola, und es war mir ja bei strenger Strafandrohung verboten worden, mich daraus zu bedienen. Da ich aus Erfahrung wusste, wie gut sie mit den diversen Schlaginstrumenten umgehen konnte, siegte schließlich die Abneigung gegen einen Povoll und ich stellte die Packung in den Schrank zurück. Danach machte mich wieder sofort wieder an die Arbeit in der Hoffnung, die Naschsucht auf diese Weise vergessen zu können.

Während ich meinen Aufgaben nachkam, verfolgte mich jedoch die Erinnerung an die leckeren Pralinen. Aber natürlich war es mir unmöglich, die Packung zu öffnen, denn das würde ja sofort auffallen; die entsprechenden Folgen für meine Kehrseite konnte ich mir lebhaft ausmalen. Aber Moment mal: War die Packung nicht schon offen? Ich dachte nach, und je länger ich mir das Bild der Pralinenschachtel vor Augen führte, desto wahrscheinlicher wurde es, dass die Schachtel schon von Carola angebrochen wurde. Sicher war ich mir nicht, aber da ich gerade in der Küche beschäftigt war, versuchte ich den Gedanken zu verdrängen. Leider ohne Erfolg, denn mit dem Zweifel an der Unberührtheit der Schachtel kam auch der Appetit auf eine Praline mit ungeheurer Wucht zurück. Verdammt, warum nur fiel es mir so schwer, an etwas anderes zu denken!?

Ich hielt es nicht mehr aus und musste Gewissheit haben.

‚Natürlich ist die Packung verschlossen', redete ich mir auf dem Weg ins Wohnzimmer ein, aber ich wollte ja auch nur Gewissheit haben.

Vor dem Schrank stehend zögerte ich einen Moment, aber dann gab ich mir einen Ruck und öffnete die Tür. Da stand die Pralinenschachtel, und schon auf den ersten Blick bemerkte ich das Fehlen der Cellophanhülle. Vorsichtig nahm ich die Schachtel aus dem Schrank.

‚Verdammt!', durchfuhr es mich, ‚Das Ding ist offen!'

Sofort meldete sich mein Appetit, und obwohl ich innerlich heftig mit mir rang war klar, dass ich verlieren würde. So kam es dann auch.

‚Nur eine', nahm ich mir vor, ‚ich werde nur eine einzige Praline essen.'

Ich öffnete die Schachtel, und der Inhalt blickte mir erwartungsfroh entgegen. Zwar fehlte schon rund die Hälfte des Inhalts, aber die Auswahl war trotzdem noch sehr groß. Und da ich bezweifelte, dass Carola die verbliebenen Pralinen gezählt hatte, stieg mein Mut, dass meine Missetat unentdeckt bleiben würde.

Ich ließ mir bei der Wahl ausgiebig Zeit, denn da ich ja nur eine einzige essen wollte, musste die Entscheidung wohlüberlegt sein. Schließlich hatte ich mich für eine Nougatpraline entschieden und steckte sie mir genüsslich in den Mund. Gerade, als ich voller Verzückung darauf biss, ertönte hinter mir eine schneidende Stimme: „Was wird das denn hier?"

Vor lauter Schreck verschluckte ich mich und bekam einen heftigen Hustenanfall. Die fragende Stimme gehörte Carola, die höchstpersönlich in der Wohnzimmertür stand und mich mit unverhohlenem Ärger ansah.

„Ha-hallo Schatz", brachte ich zwischen zwei Hustenanfällen hervor, „was…was machst Du denn schon hier?"

„Ich war schneller fertig als gedacht, aber das ist unwichtig. Viel wichtiger ist die Frage: Was, zum Teufel, treibst DU da?"

„Äh…"

Sie kam langsam auf mich zu, und als sie vor mir stand, sagte sie freundlich: „Sei so gut und stell meine Pralinenschachtel wieder zurück, ja?"

Ich tat es, und als ich mich wieder zu ihr umdrehte, knallte ihre Hand auf meine Wange, dass es nur so knallte. Während mein Kopf zur Seite flog, hatte ich das Gefühl, dass mir Hören und Sehen verging.

Viel Zeit zum Erfassen der neuen Situation hatte ich nicht, denn schon drang wieder Carolas Stimme an mein Ohr: „Du vergreifst dich an MEINEN Pralinen?", fragte sie mit immer noch freundlicher Stimme, „Du weißt schon, dass du das nicht darfst, oder?"

Ich nickte und stammelte; „Ja, ich – äh - weiß, tut mir leid, ehrlich, ich...", fieberhaft rasten meine Gedanken, um eine halbwegs vernünftige Erklärung zu finden. Ein Geständnis, dass ich einfach nur Appetit auf etwas Süßes hatte, würde mir wohl eine Tracht Prügel einbringen, und die wollte ich vermeiden. Die Intensität der Ohrfeige hatte mir nämlich gezeigt, dass Carola richtig wütend war, und da wollte ich lieber nicht meinen Po für eine Bestrafung hinhalten müssen. Also musste ich mich rausreden, aber wie?

Ich druckste ein wenig herum, aber das schien Carola schnell zu langweilen: „Sag doch einfach, dass du etwas Schönes naschen wolltest, und dann regeln wir das Ganze auf unsere Art. Aber deine feige Art des Herumlavierens nervt mich langsam." Mir lief es eiskalt den Rücken hinunter, und ich fragte mich, wie sie es fertig brachte, mit einem so sanften

Tonfall und mit diesen freundlichen Worten eine solche Eises-
kälte zu verbreiten.

Als mir auf die Schnelle partout keine halbwegs vernünftige
Ausrede einfallen wollte, entschloss ich mich zu einem Geständnis. Ich beichtete also meinen plötzlichen Wunsch nach
etwas Süßem und das eher zufällige Entdecken ihrer Pralinenschachtel. Ich berichtete von meinem schweren inneren
Kampf, meiner Niederlage und schließlich von meinem Nach-
geben und dem Naschen einer Praline. „Den Rest kennst du
ja, denn du hast mich erwischt, als ich sie gerade in den Mund
gesteckt hatte", schloss ich, schwor aber sofort, dass ich nur
eine einzige Praline gegessen hatte.

„Das ist gut zu wissen", meinte sie lakonisch, „dann bekommst du auch nur eine Woche lang eine ganz besondere
Strafe. Deine Ehrlichkeit muss ja schließlich belohnt werden."
Ich wollte schon erleichtert aufatmen, als sie fortfuhr: „Allerdings hast du gegen unsere Abmachung verstoßen und dich
an MEINEN Sachsen vergriffen. Dafür hast du eine strenge
Bestrafung verdient, denn die hatte ich dir ja für einen solchen
Fall versprochen. Du siehst doch ein, dass du für dein unver-
schämtes Verhalten tüchtig bestraft werden musst, nicht
wahr?"

Natürlich sah ich das ein, und obwohl mir ihre Art zu Reden
große Angst machte, nickte ich bestätigend.

„Dann geh rasch los und hol mir einen dünnen Rohrstock.
Wenn du ihn mir bringst, wirst du nackt sein."

„Ganz nackt?", wagte ich nachzufragen.

„Natürlich, oder habe ich irgendeine Einschränkung gemacht?"

„Äh - nein."

„Na also! Und jetzt trödele hier nicht rum, sonst muss ich das auch noch bestrafen!"

Dieser Hinweis reichte mir aus. Sofort begab ich mich ins Schlafzimmer und zog mich vollständig aus. Das war etwas ungewöhnlich, denn normalerweise wollte sie mich bei solchen Gelegenheiten nur ohne Hosen sehen, aber vielleicht wollte sie mich auch nur durch vollständiges Nacktsein beschämen. Damit würde sie aber keinen Erfolg haben, denn auch wenn sie das Kommando hatte, führten wir eine normale Beziehung, und beim Sex sahen wir uns naturgemäß unbekleidet. Ich würde mich also nicht vor ihr schämen.

Schließlich kehrte ich vollkommen unbekleidet und mit dem gewünschten dünnen Rohrstock ins Wohnzimmer zurück. Carola hatte schon den Sessel so hingestellt, dass ich mich über die Lehne beugen und sie ungehindert weit ausholen konnte. Mir wurde sehr mulmig zumute, denn der dünne Stock bereitete mir Sorgen.

Während ich noch unschlüssig vor ihr stand, umrundete sie mich wie eine Tigerin ihre Beute.

„So, jetzt werde ich dir in aller Ruhe beibringen, dass du dich nicht an MEINEN Sachen zu vergreifen hast. Willst du noch irgendetwas zu deiner Verteidigung sagen und die Strafe dadurch verschlimmern?"

„Nein, Schatz", antwortete ich in der zwischen uns verein-
barten Weise „ich sehe meine Verfehlung ein und bitte um
strenge Bestrafung."

„Die wirst du bekommen, oh ja, darauf kannst du dich verlassen." Ihre Augen verzogen sich zu schmalen Schlitzen,
„Los, überlegen, wie du das ja schon zur Genüge kennst!"

Um sie nicht noch mehr zu verärgern, gehorchte ich umge-
hend. Sofort knallte der dünne Rohrstock auf mein entblößtes
Gesäß und biss fürchterlich in das schutzlose Fleisch.

„Au!" Ich wollte nicht schreien, aber der Hieb war so kräftig
verabreicht worden, dass mein Vorsatz, die ersten Schläge
höchstens mit einem leisen Stöhnen zu quittieren, von Anfang
an gescheitert war.

Als der Schmerz nachließ, beruhigte ich mich langsam wieder. Allerdings hielt die Ruhepause nicht lange an, denn schon
setzte es den zweiten Hieb, und wieder schrie ich auf, während eine Schmerz- und Feuerwalze über meine Kehrseite
brandete. Wild zuckte mein Hinterteil durch die Luft, aber der
dadurch entstandene Luftzug schaffte es nicht, das Brennen
zu löschen.

Dann kam auch schon der dritte Hieb. Meine Reaktion war
die gleiche wie bei den beiden vorangegangenen Schlägen,
allerdings wartete Carola diesmal nicht, bis ich mich wieder
beruhigt hatte, sondern verabreichte mir schnell hintereinander den vierten und fünften Hieb.

Jetzt war es mit meiner Beherrschung vorbei! Mit lautem
Geschrei schnellte ich hoch und tanzte wie ein Derwisch durch

den Raum, während meine Hände intensiv mein Hinterteil rieben.

Es dauerte sehr lange, bis ich wieder ruhiger wurde, aber schließlich stand ich verlegen im Raum. Ich hatte meine Strafposition verlassen, und ich war mir unschlüssig, wie Carola darauf reagieren würde. Ängstlich blickte ich zu ihr hin, aber sie machte nur eine knappe Kopfbewegung Richtung Sessel.

Ich verstand diese Geste und trat rasch vor den Sessel. Mit nun doch leichtem Zögern beugte ich mich wieder über die Rückenlehne und nahm die Strafposition ein. In dieser Lage wartete ich nun auf die Fortsetzung meiner Züchtigung, aber es folgten zunächst keine Hiebe. Stattdessen trat Carola neben mich und fesselte mir Hände und Füße an den Sesselbeinen.

„Damit du nicht wieder aufspringst und mir dadurch Ärger und Verdruss bereitest", war ihre lapidare Erklärung.

Dann setzte sie meine Bestrafung fort. Obwohl sie in der Folgezeit zwischen den einzelnen Hieben genug Zeit verstreichen ließ, biss der teuflische, dünne Stock so kräftig in mein Gesäß, dass der Raum von meinem Schmerzgeheul erfüllt war und Carola sicherheitshalber das Radio laut aufdrehte.

Was danach kam, war eine Vielzahl von sorgfältig auf meine Kehrseite gesetzten Hieben. Ich musste den Schmerz eines jeden einzelnen vollständig auskosten, während Carola mich teils wegen meines Verhaltens tadelte, teils wegen meines Gejaules verspottete. Sie wollte mich nicht nur körperlich züchtigen, sondern zugleich ihre Überlegenheit über mich demonstrieren und damit ihre Dominanz rechtfertigen. Anfangs versuchte ich noch krampfhaft, mir einen Rest von Würde zu bewahren, aber das vermieste sie mir gründlich: Ich schrie nach edem Aufklatschen des Rohrstockes laut auf, danach wede te ich mit meinem nackten Gesäß wie wild in der Luft herum und jammerte immer lauter. Mit zunehmender Schlagzahl schlug das Jammern in Betteln um Gnade und schließlich in immer hemmungsloseres Heulen um. Ja, sie versohlte mir den Hintern sehr, sehr gründlich und ich warf schon sehr frühzeitig meine Würde über Bord. Trotz all meiner Schmerzen liebte ich noch während meiner Züchtigung diese Frau, genoss ihre Konsequenz und betete sie geradezu an. Ich wusste, dass sie mir bei aller Strenge niemals gesundheitliche Schäden zufügen würde, und so litt ich unter den Hieben und genoss gleichzeitig ihre Herrschaft über mich!

Ich weiß nicht, wie viele Hiebe ich letztendlich bekam, denn die furchtbaren Schmerzen ließen mich nicht mehr klar denken. Zum G ück brauchte ich nicht mitzuzählen, denn das hasste ich, weil es meine Konzentration auf die Schmerzverarbeitung beeinträchtigte. Mich zu verzählen hatte erfahrungsgemäß Konsequenzen, entweder in Form eines Neubeginns der Strafe oder, wenn es eine sehr strenge Züchtigung war, von einer bestimmten Anzahl Zusatzhiebe. Manchmal wurde auch eine Sonderstrafe verhängt, dann musste ich beispielsweise nach der Tracht Prügel für das Verzählen mit einem Gewicht an meinem Juwelensäckchen in der Ecke stehen.

Irgendwann war aber doch Schluss, zumindest dachte ich das. „Hoch!", kommandierte Carola barsch.

Mühsam und heftig stöhnend erhob ich mich aus meiner Strafposition. Dabei schoss mir der Gedanke ‚Geschafft!' durch den Kopf, aber das war leider ein Irrtum, wie ich sogleich erfuhr.

„Deine übliche Straffläche habe ich jetzt gründlich bearbeitet, aber deine Hände haben MEINE schöne Pralinenschachtel angefasst, und nicht nur das: sie haben auch eine MEINER Pralinen angefasst und in deinen Mund gesteckt. Was folgerst du daraus?"

Ich konnte keinen klaren Gedanken fassen, denn mein Hinterteil brannte so heiß wie ein australisches Buschfeuer, und zu gerne hätte ich mir mit den Händen die nackten Pobacken gerieben. Nicht, dass das etwas genutzt hätte, aber die Illusion wäre wohl da gewesen. Stattdessen hatte ich die Hände mit ganz viel Überwindung wie üblich hinter dem Kopf verschränkt und verlagerte ständig das Gewicht von einem Bein auf das andere in der Hoffnung, auf diese Weise die Schmerzen eindämmen zu können.

Weil ich nicht sofort antwortete, bekam ich zwei Ohrfeigen. Dabei herrschte mich Carola an: „Redest du nicht mehr mit? Muss ich dich jetzt auch noch wegen schlechten Benehmens durchprügeln? Dein Hintern hält zwar nichts mehr aus, aber deine Schenkel können auch ein paar ordentliche Schläge vertragen!"

Ich wurde blass und stammelte schnell: „Nein, bitte, ich versuche ja zu denken, aber…mein Po…er tut so weh, ich weiß nicht, ich kann irgendwie nicht denken. Bitte, was meinst du?"

„Männer!", spuckte sie mir verächtlich entgegen, „Ihr haltet euch ja für ach so stark, aber kaum kriegt euer Arsch eine kleine Abreibung, versagt eure Hirnzelle!"

Unter ihrem eisigen Blick schaute ich rasch zu Boden und wartete. Es schien mir geraten zu sein, darauf nichts zu sagen.

Nach einem Moment fuhr Carola fort: „Deine Hände haben sich an meinen Pralinen vergriffen, also werden sie jetzt auch ihre Strafe bekommen. Streck sie mir nacheinander schön entgegen, damit ich dir auf jede Hand sechs hübsche Hiebe mit meinem Gürtel verpassen kann."

Bei diesen Worten zog sie ihren schmalen Ledergürtel aus dem Rock. Obwohl das Kleidungsstück auch ohne ihn halten würde, legte Carola den Rock ab. Ihr weißes, spitzenbesetztes Höschen kontrastierte wunderbar mit ihrer braunen Haut, und trotz all der erlittenen Pein regte sich mein Glied, was wegen meiner Nacktheit nicht unbemerkt blieb.

„Eben noch wie wild am Jaulen, und jetzt schon wieder geil, nur weil du mich im Slip siehst. Was seid ihr Männer doch für einfältige Wesen", kommentierte sie kopfschüttelnd, um mich gleich darauf barsch anzuschnauzen: „Na los, wird's bald, her mit der ersten unartigen Hand!"

Zögernd nahm ich die immer noch hinter dem Kopf verschränkten Hände herunter und streckte ihr ängstlich eine davon entgegen. Mit der anderen stützte ich die erste Delinquentin. Dann wartete ich auf den ersten Hieb.

Carola ahnte, dass ich die Sache nun rasch hinter mich bringen wollte in der Hoffnung, sie danach zur Versöhnung vernaschen zu dürfen. Aber sie ließ mich zappeln. Während ich immer nervöser auf den ersten Schlag wartete, tänzelte sie vor mir auf und ab, den Gürtel immer schlagbereit in der Hand. Irgendwann hatte sie mich dabei erwischt, wie ich voller Faszination auf ihr Höschen starrte, und genau darauf hatte sie gewartet: sie ließ den Gürtel kraftvoll auf meine Handfläche klatschen.

„Au - aua!", schrie ich und zog die Hand blitzartig zurück, um sie in meine Achselhöhle zu stecken. Wegen der kleinen Unkonzentriertheit hatte ich mich nicht auf den Schlag und seine Folgen konzentriert, weshalb mich der Schmerz nun umso kraftvoller erwischte.

„Los, Hand ausstrecken!", kommandierte Carola ungerührt, während mir die Tränen über die Wangen flossen.

Obwohl es mir schwer fiel, gehorchte ich langsam, und der Vorgang von eben wiederholte sich. Wieder wartete sie auf einen Moment, in dem meine Geilheit mich von der laufenden Bestrafung ablenkte, dann folgten sofort der Schlag und das Zurückziehen meiner Hand. Wieder brauchte es eine barsche Aufforderung seitens Carolas, um mich dazu zu bewegen, die Straffläche für die Fortsetzung meiner Züchtigung hinzuhalten.

Wegen ihres Wartens auf meine Unkonzentriertheit und wegen meines Verhaltens des Wegziehens zog sich dieser

Teil der Bestrafung ziemlich in die Länge, aber endlich hatte ich die sechs Hiebe auf die erste Hand erhalten. Nun kam die zweite an die Reihe, und es kostete mich sehr, sehr viel Überwindung, sie für den Strafvollzug hinzuhalten. Aber ich tat es, und Carola vollstreckte die Strafe ohne Gnade oder Gewährung eines Strafnachlasses.

Endlich war es überstanden! Das furchtbare Brennen meiner Hände überlagerte nun die Schmerzen meines Gesäßes, und mit rot geheulten Augen stand ich vor Carola.

„Du weißt, was du jetzt zu tun hast!", sagte sie ungerührt.

Ja, ich wusste, was sie nun von mir erwartete. Um keine weitere Strafe zu riskieren, fiel ich sofort auf die Knie, küsste ihre Füße und bedankte mich für die strenge, aber gerechte Strafe. Jede andere Aussage hätte sie als Widerspenstigkeit oder gar Trotz werten können, was für mich eine weitere Bestrafung bedeutet hätte. Der Umstand, dass mein Gesäß heute keine weiteren Schläge vertragen würde, bedeutete nicht, dass an diesem Tag keine weitere Züchtigung verhängt werden würde. Vielmehr wurden in solchen Fällen die Strafen in ein Heft eingetragen und bei der nächsten Gelegenheit vollstreckt. Also bedankte ich mich artig für die Strafe und küsste ihre Füße öfter, als es erforderlich war.

„Da siehst du, was dir deine Naschsucht einbringt!", tadelte mich Carola.

Während ich noch ergeben nickte, fuhr sie schon fort: „Die Schläge waren für dein unerlaubtes Naschen, zudem noch aus MEINER Pralinenschachtel. Aber weil du deine Unverschämtheit sofort gestanden hast, habe ich dir ja für eine ganze Woche etwas besonders Leckeres versprochen. Das wird dich bestimmt auf einen anderen Geschmack bringen. Also los, kriech auf allen Vieren ins Bad, dann kann ich mir auf den Weg dahin deinen verstriemten Hintern ansehen."

Ich kroch los. Die vielen Schläge hatten mich erschöpft, und die immer noch schmerzenden Handflächen machten das Kriechen auch nicht einfacher. Trotzdem hatte ich schließlich das Bad erreicht.

„Leg dich auf dem Fußboden auf den Rücken!"

Stöhnend gehorchte ich, denn bei jeder Bewegung spannten die Striemen auf meinem Gesäß. Kaum berührte mein nacktes Gesäß den Fußboden, durchfuhr mich ein heftiger Schmerz. Ich schrie laut auf!

Es dauerte etwas, bis ich ruhig in der befohlenen Position lag und die Schmerzen vom Po halbwegs ertragen konnte. Die Kühle der Fliesen verschaffte mir dabei nur eine bedingte Linderung, denn durch das Liegen tat mein Po furchtbar weh. Am liebsten hätte ich in der Bauch- oder Seitenlage gelegen, aber Carola hatte Rückenlage befohlen.

Da ich viel zu sehr mit mir beschäftigt war, hatte ich nicht mitbekommen, dass sich Carola vollständig entkleidet hatte. Mit einem Trichter in der Hand trat sie nun splitternackt über mich. Aus meiner Position konnte ich ihr genau zwischen die Beine schauen, und da sie rasiert war, erkannte ich jede Einzelheit, jede Pore ihrer intimsten Stelle. Langsam sank sie genau über meinem Kopf auf die Knie, und ich bereitete mich darauf vor, ihre Lustgrotte gleich intensiv lecken zu dürfen.

„Machs Maul auf, damit ich dir meine versprochene Köstlichkeit verabreichen kann."

Ich erstarrte, denn plötzlich befürchtete ich... Aber nein, das würde sie doch nicht machen! Oder doch? Natürlich hatte ich schon von Natursekt gehört, und ich wusste, dass sie auch davon wusste, aber sie würde mich doch nicht jetzt... Nein, das ging doch nicht, es würde doch auch viel zu plötzlich...

„Machst du jetzt dein Naschmaul auf oder soll ich dir mit dem Gürtel Gehorsam beibringen?", fragte sie freundlich.

„Bitte, tu das nicht!", flehte ich, „Ich...ich lecke dich, solange du willst, aber bitte, tu nicht das, was ich befürchte!"

„Ah, da ahnt jemand, was er gleich schlucken darf.", lächelte sie, „Weißt du, es ist für viele Menschen eine Delikatesse, und dann ist es auch für dein Naschmäulchen gut. Außerdem habe ich dir ja von Anfang an gesagt, dass ich dich hart und absonderlich bestrafen werde, wenn du dich an meinen Sachen vergreifen solltest. Das Harte hast du hinter dir, jetzt kommt das Absonderliche. Du hast es verdient, also sei jetzt ein lieber Mann und gehorche!"

„Aber...", weiter kam ich nicht mit meinem Protest, denn Carola hatte mir blitzschnell den Trichter in den Mund gesteckt. Ebenso schnell hatte sie sich über der Trichteröffnung in Position gebracht und gleich darauf fühlte ich das ungewohnte und sehr salzig schmeckende Getränk in meinem Mund. Sofort erstarrte ich – noch nie zuvor hatte ich Natursekt im Mund gehabt, und nun sollte ich offensichtlich eine ganze Blasenladung trinken. Mein Mund weigerte sich, das hinzunehmen, und so schluckte ich einfach nicht. Carola bemerkte das natürlich sofort. Sie füllte den Trichter randvoll, dann stoppte sie den Urinstrom, und während sie mit einer Hand den Trichter hielt, drückte sie mir mit der anderen die Nase zu. Nun musste ich schlucken, ob ich wollte oder nicht, und schnell hatte ich den Trichter geleert.

„Na also, geht doch!", kommentierte sie ungerührt. Dann füllte sie den Trichter erneut, und das Spiel wiederholte sich. Da ich das Zuhalten der Nase als unangenehm empfand, beschloss ich, mir diese Unannehmlichkeit zu ersparen – und schluckte brav den ungewohnt und salzig schmeckenden Inhalt von zwei weiteren Trichterfüllungen. Dann hatte sich Carola vollständig entleert, blieb aber über meinem Gesicht knien.

„Ab morgen bekommst du jeden Abend eine volle Ladung Natursekt. Heute zählt noch nicht, weil ich nicht darauf vorbereitet war und meine Blase nur zum Teil gefüllt war. Aber ab morgen wirst du in den Genuss der ganzen Menge kommen!" Ihre Augen funkelten mich mit einer Mischung aus Vorfreude und diabolischem Feuer an.

„Bitte, Carola, das - das schmeckt ekelhaft, das - das geht nicht. Bitte, lass Gnade walten!"

„Nein!", kam es ungerührt zurück, „Du bekommst jeden Tag meinen Natursekt zu trinken." Als sie die Panik in meinem Gesicht sah, strich sie mir liebevoll durch das schweißnasse

Haar und meinte versöhnlich: „Heute war es wohl etwas extrem, weil ich nicht viel getrunken habe, deshalb war der Urin bestimmt gelb und sehr salzig. Morgen, das verspreche ich dir, werde ich den ganzen Tag über sehr viel trinken, dann wird der Natursekt am Abend weiß statt gelb sein und auch nicht mehr so salzig schmecken. Du wirst ihn dann leichter schlucken können - zumindest stand es so in den Büchern, die ich mal darüber gelesen habe. Morgen kannst du mir dann ja sagen, ob das stimmt."

Dann begann sie, sich in der knienden Stellung über meinem Gesicht selbst zu befriedigen. Ich durfte weder sie noch mein Glied anfassen, und da sie sich viel Zeit ließ, verlängerte sie meine Liebesqual. Aber irgendwann war sie fertig und ließ sich von meiner Zunge sauberlecken, während sie voller Hingabe meinen Liebesspeer lutschte und mir eine Entladung auf meinen Bauch erlaubte. So endete der Tag auf eine bei uns nicht ungewöhnliche Weise in dem Wissen, dass in der gesamten nächsten Woche noch eine besondere Strafe auf mich wartete.

In Sachen Natursekt behielt sie übrigens Recht, denn durch ihre enorme Flüssigkeitsaufnahme war er am anderen Tag fast weiß und dadurch für mich leichter bekömmlich. Außerdem gewöhnte ich mich daran, und schon ab dem vierten Tag schaffte ich es, ohne Anzeichen von Ekel oder Schockstarre ihren Saft zu schlucken. Trotzdem war ich froh, als die Woche herum und dieser Teil meiner Strafe ebenfalls verbüßt war. Allerdings hatte Carola nun eine weitere Strafe in ihrem Repertoire, die sie gerne anwandte. Manchmal wartete sie allerdings nicht, bis wieder eine Strafe fällig war, sondern ließ mich zwischendurch ihren Natursekt zum Zeichen ihrer Dominanz und gleichzeitigen Beweis meiner Demut trinken.

Karin und Gerd 1
Eine neue Erfahrung

Beim Einkaufen begegnete ich ihr zum ersten Mal. Ich weiß nicht, ob es ihre eisblauen Augen, die langen schwarzen Haare, ihre gesamte Aura oder die Kombination ihres aufreizend kurzen Lederrocks mit der in Bauchhöhe geknoteten weißen Bluse war, der mich vom ersten Augenblick an fesselte, aber irgendetwas davon löste meine Faszination für diese Frau aus. Meine verstohlenen Blicke blieben ihr nicht verborgen, und ich bemerkte ihre prüfenden Blicke, die sowohl mir als auch dem Inhalt meines Einkaufswagens galten. Freitagabend ist im Supermarkt nicht viel los, aber wer sich hier noch herumtreibt, will nicht immer ein paar vergessene Sachen kaufen. Nein, auch zu einer Singlebörse kann so ein Supermarkt umfunktioniert werden. Tatsächlich hatte ich damit schon in einem anderen Supermarkt Erfolg – allerdings nur, weil ich keine Dinge im Wagen hatte, die auf eine Frau oder Kinder hindeuteten. Das fiel mir leicht, denn ich hatte weder das eine noch das andere.

Heute sehnte ich mich nach einer anstrengenden Arbeitswoche aber nach etwas Gemütlichkeit und natürlich Zweisamkeit. Ohne feste Bindung lebt es sich viel freier, aber wenn man dann doch das Bedürfnis nach zwischenmenschlicher Nähe hat, wird es schnell verdammt einsam. Die Arbeit hatte mich die ganze Woche davon abgehalten, ein paar Freundinnen anzurufen, und am heutigen Freitag bekam ich entweder niemanden an die Strippe oder ich erhielt einen Korb, weil die Süßen bereits anderweitig zugesagt hatten. Ein Blick in das Fernsehprogramm zeigte mir Filme, die ich schon so oft gesehen hatte, dass ich jeden einzelnen Dialog wortgetreu mitsprechen konnte. Meine letzte Hoffnung war also der Supermarkt, ansonsten drohte mir ein ziemlich ödes Wochenende. Darum also war ich nun hier, schob meinen Einkaufswagen durch die Gänge und schaute den hübschen Frauen hinterher, während ich in Gedanken bei der schwarzhaarigen Schönheit war.

Plötzlich stießen unsere Einkaufswagen im Gang mit den Zeitschriften zusammen. Ich hatte es tatsächlich nicht darauf ankommen lassen, weil ich in dem Moment in die Zeitschriftenauslage vertieft war und überlegt hatte, mir irgendein Sportmagazin mitzunehmen, sozusagen als Notanker. Ob die Frau meiner Gedanken die Gunst der Stunde zum Test meiner Reaktion nutzte oder ob es wirklich ein Zufall war, weiß ich bis heute nicht. Auf jeden Fall schepperte es etwas, als die beiden Wage zusammenstießen, und wir schauten uns an.

Die Schwarzhaarige hatte sich als erste gefangen: „Na, da haben wir aber Glück, dass uns das nicht mit unseren Autos auf dem Parkplatz passiert ist!"

„Ja, äh, das ist wahr." Zugegeben, das war keine besonders geistreiche Antwort, aber sie belegt, dass ich es nicht auf einen Zusammenstoß zur Kontaktanbahnung angelegt hatte. Meine Kollision hatte ich schließlich erst kurz vor der Kasse geplant.

„Planst du auch ein Wochenende vor dem Fernseher?", riss mich die rauchige Stimme der Schwarzhaarigen aus meinen Gedanken.

Immer noch perplex antwortete ich: „Ja, leider, was anderes bleibt mir ja nicht übrig."

„Warum denn nicht, du könntest doch zu deiner Frau ganz lieb sein?"

Ich durchschaute ihr Spiel, denn sie wollte meinen Beziehungsstatus erforschen. Wahrheitsgemäß erwiderte ich mit einem Anflug von Resignation: „Dazu müsste ich erstmal eine Frau haben. Meine letzte Beziehung liegt schon ein paar Wochen zurück."

„Was ist passiert?"

„Sie ist Krankenschwester und während einer Nachtschicht einem Assistenzarzt begegnet. Du weißt schon: Ferrari, natürlich in Rot, schicke Villa und ein Ferienhaus in der Toskana. Da ist ihr die Wahl leicht gefallen." Nun wurde ich mutiger: „Und was ist mit dir? Freut sich dein Mann schon auf deine Zärtlichkeiten?" Ein sanftes Lächeln sollte meinen Worten die Spitze nehmen.

Die Schönheit seufzte: „Ich bin solo, mein Mann ist Chefarzt und mit einer Schwester durchgebrannt. Sie liebt es, Einläufe zu bekommen, und er verabreicht gerne welche. Mein Ding ist das nicht, aber nun hat er sein Gegenstück gefunden."

Ein Seufzen entrang sich ihrer Kehlte. Es klang wehmütig. Wir lachten kurz über die Parallelen im Leben unserer Ex-Partner. Die daraus entstehende Gelöstheit gab mir den Mut für meinen entscheidenden Vorstoß: „Ja, wenn wir beide völlig frei sind, könnten wir ja vielleicht doch den Nicht-Zusammenstoß auf dem Parkplatz feiern?"

Sie stimmte freudig zu, und kurz darauf verließen wir den Supermarkt. Auf dem Parkplatz verriet sie mir, dass sie Karin hieß. Sie gab sie mir ihre Adresse, die nicht weit von meiner Wohnung entfernt war, und ich versprach, in einer Stunde bei ihr zu sein.

Sofort sprang ich in meinen Wagen und raste zu meiner Wohnung. Dort sprang ich unter die Dusche, rasierte mir gründlich Hoden und Gesäß, danach zog ich frische Unterwäsche und Oberbekleidung an.

Pünktlich zur verabredeten Zeit traf ich bei Karin ein. Sie hatte ihr langes Haar zu einem Pferdeschwanz gebunden, der ihr ein neckisches Aussehen verlieh. Unter dem dünnen Stoff ihrer roséfarbenen Bluse, gegen die sie die weiße Bluse aus dem Supermarkt getauscht hatte, zeichneten sich deutlich die Umrisse ihres Büstenhalters ab. Untenrum trug sie noch immer den schwarzen Minirock aus Leder, dessen Anblick mich besonders erregte. Sofort spürte ich die Enge in meiner Hose, denn mein kleiner Freund hatte lange keine Frau mehr beglückt und war von Karins Anblick ganz begeistert.

Sie führte mich ins Wohnzimmer, wo ein kleiner Tisch von einem Sofa und zwei gemütlichen Sesseln eingerahmt war. Auf dem Tisch standen eine Flasche Wein und zwei Gläser zwischen zwei Kerzenständern, die das gedimmte Licht der Deckenlampe sanft veredelten. Wir ließen uns in den beiden gegenüberstehenden Sesseln nieder, tranken etwas Wein und plauderten über Belanglosigkeiten. Schließlich kam, was kommen musste: Wir wurden beide etwas mutiger. Zunächst waren es nur hingeworfene Worte, aus denen frivole Anzüglichkeiten wurden – und schließlich folgten Taten. Ganz plötzlich saß sie rittlings auf meinem Schoß. Unsere Gesichter waren ganz dicht beieinander, und im nächsten Augenblick klebten auch schon unsere Lippen aufeinander. Oh, war das schön! Wie lange hatte ich schon die Küsse einer Frau entbehren müssen!

Ich fühlte ihre Zunge an meinen Lippen, die Einlass in meinen Mund begehrte, und bereitwillig öffnete ich ihn. Sofort ließ ich meine eigene Zunge hervorschnellen. Die nächsten Minuten tanzten unsere Zungen gemeinsam eine Rumba, während unsere Hände immer heftiger den Körper des anderen streichelten. Die warme, weiche Haut ihrer Arme und Beine, die Zartheit ihrer Oberschenkel und dann die Hitze ihrer Lustgrotte! Karin trug unter dem Lederrock keinen Slip, dafür schien sie nicht rasiert zu sein, so dass meine Finger nach einem Marsch durch das Dickicht ungehinderten Zugang zu ihrem Heiligtum hatten. Sie hob ihren Unterleib etwas an, was ich sofort ausnutzte, um ihr zwei Finger in das heiße, pulsierende und bereits sehr feuchte Heiligtum zu schieben. Ich zog sie erst wieder heraus, nachdem ich Karin drei Orgasmen gefingert hatte.

Aus Gründen der Bequemlichkeit verlegten wir unser weiteres Liebesspiel auf das Sofa. Dort umfasste ich sie mit einem

Arm, während meine freie Hand zu ihrem Busen wanderte und sie zunächst sanft streichelte, dann aber schnell ganz ungeniert kräftiger massierte. Ich spürte, wie die Brustwarzen sich vor Erregung aufrichteten und hart wie Stein wurden. Als ich einen Nippel samt darüber liegenden Stoffschichten mit zwei Fingern zu zwirbeln begann, glaubte ich, sie würde vor Lust vergehen. Ich wollte sie, diese Frau mit der unglaublichen Ausstrahlung und den eisblauen Augen, die sich immer wieder auf mich hefteten. Ihre Muschi kochte bereits vor Lust und in meine Unterhose war längst der Vorsamen geflossen. Es fühlte sich feucht an, aber die Feuchtigkeit in meinem Slip war nichts gegen die Flut, die sich aus Karins Muschi ergoss und auf dem Sofa einen riesigen, feuchten Fleck hinterließ. Geschickt zog sie ihren Rock aus, ohne meine Zärtlichkeiten zu unterbrechen. Nun lag ihr nackter Unterleib frei vor meinen Augen. Ihr buschiges Schamhaar glitzerte feucht und ich konnte darin Tropfen ihres Lustsaftes erkennen. Wie lange hatte sie wohl schon die Zärtlichkeiten eines Mannes entbehrt, dass sie bei der kleinsten Berührung wie eine Rakete hochging?

Als ich kurz von ihr abließ, schien sie etwas verwirrt und enttäuscht zu sein, aber dann wurde ihr wohl klar, dass ich ihr nur die Bluse ausziehen wollte. Sie hielt brav still, während ich Knopf für Knopf öffnete. Inzwischen war ich so aufgegeilt, dass ich kurz davor stand, die Bluse ohne Rücksicht auf die Knöpfe oder den Stoff einfach aufzureißen! Im letzten Moment beherrschte ich mich aber, wenn auch mühsam, denn aus

Erfahrung wusste ich, dass Frauen an ihrer Garderobe hängen und der schönste Abend wegen eines zerrissenen Slips in einem Fiasko enden konnte – mit einer Bluse wäre das Ergebnis wohl nicht anders, nur dürfte das Gezeter um einiges schlimmer sein.

Endlich hatte ich mit leicht zittrigen Fingern den letzten Knopf geöffnet und die Bluse fiel zu Boden. Der roséfarbene, spitzenbesetzte BH verbarg ihre Liebesbälle mehr schlecht als recht, und so starrte ich sekundenlang voller Faszination auf Karins Brüste. Es war ein wunderbarer Anblick!

Dann aber siegte meine Lust, und ich vergrub mein Gesicht im tiefen Tal zwischen den Busen. Blind öffneten meine Finger den Verschluss und der Büstenhalter landete auf dem Boden. Nun war Karin splitternackt. Als sie sich verführerisch zu räkeln begann, hielt mich nichts mehr. Rasch riss ich mir die eigene Kleidung vom Leib und hörte erst auf, als ich ebenfalls nackt war.

„Komm", sagte sie mit vor Aufregung krächzender Stimme, „im Bett ist es noch viel bequemer!"

Sie nahm mich an die Hand und führte mich in Richtung ihres Schlafzimmers. Dort zog sie mich auf ihre Lustwiese. Sofort rollte ich mich auf sie und begann, ihren wunderbaren Körper mit heißen Küssen zu bedecken. Ich liebkoste ausgiebig die beiden Brustwarzen mit Mund und Zunge, was sie ihrem Stöhnen nach fast um den Verstand brachte. Schließlich wanderte ich zum Bauchnabel hinunter, und während meine

Zunge ihn umkreiste, setzten meine Finger das vom Mund an den Nippeln begonnene Werk fort.

Immer tiefer arbeitete ich mich, bis ich schließlich an ihrem Lustloch angekommen war. Dort hielt ich zunächst etwas irritiert inne, weil mich die Schamhaare irritierten. Meine letzten Freundinnen waren allesamt rasiert gewesen, so dass mir Karins Schambehaarung seltsam altmodisch vorkam. Da ich aber total aufgegeilt war, verschwendete ich keinen Gedanken mehr daran und widmete mich stattdessen besonders intensiv ihrem Lustloch. Meine Zunge brauchte einen Moment, um sich durch das dichte Buschwerk zu kämpfen, aber schließlich hatte ich es geschafft. In Karins Unterleib musste eine Feuersbrunst toben, denn noch bevor ich meine Zunge in ihrer Muschi versenken konnte, floss bereits ein gewaltiger Strom an Liebessaft daraus hervor. ich schluckte Unmengen von ihrem Nektar. Dann endlich steckte meine Zunge in ihrem Liebesloch und verrichtete ihre Arbeit. Zwischendurch wurde ich immer mal wieder abgelenkt, weil sich eines ihrer Schamhaare in meinen Mund verirrt hatte, was ich nicht sehr appetitlich fand.

„Fick mich, bitte, bitte, fick mich endlich!", stöhnte sie

„Gleich, meine Süße", nuschelte ich aus der Tiefe ihres Unterleibs, immer noch mit einem besonders flinken Haar beschäftigt.

„Nein, nein, ich kann nicht mehr warten, ich verbrenne! Bitte, bitte, besorg es mir, jetzt sofort!"

Gehorsam hob ich den Kopf. Dabei überblickte ich die ganze Fülle ihrer Schambehaarung, die mich etwas aus dem Konzept brachte. Jede meiner drei festen Ex-Freundinnen war untenherum glatt rasiert gewesen mit der Begründung, dass das viel hygienischer sei. Sie hatten auch alle drei von mir verlangt, dass ich mich dort unten rasiere, weil sie keinen unsauberen Mann haben wollten. Ich glaubte die Sache mit der Sauberkeit und tat ihnen den Gefallen. Auch nach dem Ende der drei Beziehungen rasierte ich weiter meinen Intimbereich, um nicht als unsauber zu gelten. Vor allem ein Argument hatte mich aber ganz besonders überzeugt: ‚Ich mag keine Haare im Mund!'. An diesen Satz musste ich denken, als ich mich erhob und meinen Schaft in Karins Glutloch steckte. Während ich es ihr besorgte, versuchte ich immer noch, das besonders hartnäckige Schamhaar heimlich aus meinem Mund zu entfernen. Obwohl ich dadurch etwas abgelenkt war, besorgte ich es Karin gut und schon nach wenigen Stößen ergoss sich mein Samen in die Tiefen ihres Heiligtums und vermischte sich mit ihrem Mösensaft.

Erschöpft ließen wir nun voneinander ab und lagen eine Weile nebeneinander auf dem breiten Bett. Schließlich hatte sich Karin etwas erholt und bettelte nach einer zweiten Runde. Zu gerne hätte ich ihr diesen Wunsch erfüllt, aber nun, da die erste Hitze meiner Lust verrauscht war, sah ich wieder die Fülle an Schamhaaren vor mir – und musste sofort an meine Ex-Freundin Claudia denken, die Schambehaarung immer ganz besonders heftig mit Unsauberkeit gleichgesetzt hatte.

Als Krankenschwester räumte ich ihr diesbezüglich eine große Kompetenz ein, und nun sah ich mich einer Frau mit üppigem Buschwerk gegenüber.

Karin bemerkte mein Zögern: „Was ist los?", fragte sie.

„Du, äh, du bist – bist nicht rasiert", erwiderte ich stockend.

Sie blickte auf ihre Scham.

„Stimmt. Wieso, was stört dich daran?"

„Es sind, na ja, es sind doch alle Frauen da unten rasiert."

Sie lachte leise: „Nein, Schatz, nicht alle."

„Doch, ich glaube schon, denn meine Ex-Freundinnen waren alle rasiert, und Claudia hat als Krankenschwester viele Frauen untenherum nackig gesehen. Sie meinte, dass auch ein Mann, der etwas auf sich hält, sich untenherum rasieren müsse, weil Frauen keine Haare im Mund haben möchten. Sie hat mir ja beinahe täglich einen geblasen, also habe ich mir täglich Sack und Schwanz rasiert. Ich habe sie natürlich auch täglich geleckt, und es war wunderbar..."

„So genau will ich das nicht wissen", unterbrach sie mich in etwas hartem Ton. Eben noch standen wir kurz vor einem weiteren Fick, und nun sprachen wir über Schamhaare – mir war die Situation vollkommen entglitten.

„Sie sagte, unrasiert zu sein, wäre unsauber", versuchte ich beinahe trotzig meine Position zu rechtfertigen, „und deine Haare eben in meinem Mund waren nicht sehr angenehm."

Das war ein Fehler, ein schwerer Fehler! Leider ging mir das erst auf, als Karin vor Wut explodierte: „Willst du damit behaupten, dass ich unsauber wäre, weil ich meine Schamhaare nicht abrasiere?", blaffte sie mich an. Ihre eisblauen Augen schienen Blitze auf mich zu feuern. Mir wurde plötzlich ganz komisch zumute und ich begann zu ahnen, dass ich mich viel zu weit aus dem Fenster gelehnt hatte.

Beschwichtigend versuchte ich die Wogen zu glätten: „Nein, nein, das wollte ich nicht sagen, ich habe nur wiederholt, was Claudia gesagt hat!"

Verdammt, noch mehr Öl konnte man schon gar nicht mehr ins Feuer gießen, denn nun kam Karin erst richtig in Fahrt: „Für dich sind also alle unrasierten Menschen schmutzig, ja? Na, wie sieht das denn mit dir aus, bist du denn immer schön rasiert, nicht nur heute? Immerhin hat sich deine ach so hygienische Claudia ja von dir getrennt. Vielleicht warst du ihr ja doch irgendwie zu unsauber?"

„Ich rasiere mich immer noch täglich, weil laut Claudia das alle so machen, auch Männer. Zumindest alle, die sauber sein wollen."

Jetzt reichte es Karin! Ich sah die Hand nicht kommen, so schnell verabreichte sie mir eine laut schallende Ohrfeige!

„Du Mistkerl nennst mich schmutzig? Na warte, dafür wirst du mir büßen!"

„Was? Wieso…"

Ich warf ihr einen möglichst arroganten Blick zu.

Karins Stimme war nun leise, gefährlich leise geworden: „Du kleines Miststück bist eine Niete im Bett, aber tust so, als ob du das Gesundheitsamt wärst. Na warte!"

Sie war aufgestanden und hatte aus dem Schrank einen schmalen Ledergürtel geholt.

„Warst du bei deiner Claudia auch so unverschämt?"

Als ich nicht sofort antwortete, schlug sie mit dem Gürtel auf die leere Betthälfte neben mir

„Antworte, du Wurm!"

„Ich – äh –ich – sie hat, ich habe nur selten – selten Anlass für – für Ärger gegeben", quetschte ich stockend zwischen meinen Lippen hervor.

„Also warst du bei ihr auch unverschämt, ja? Kein Wunder, dass sie sich einen anderen Kerl genommen hat! Wir dagegen kennen uns erst seit ein paar Stunden, da wäre ein Rauswurf nicht so wirkungsvoll. Außerdem hast du ja deine Eier leer gespritzt, da würde dir so ein schneller Abgang sicher ganz gelegen kommen. Ihr Kerle seid doch alle gleich. Aber nicht mit mir, mein Lieber, ich bin anders gestrickt. Dreh dich auf den Bauch, ich kann deinen kümmerlichen Schwanz nicht mehr sehen!"

Vor Schreck und auch wegen einer gewissen Faszination ob ihres Verhaltens gehorchte ich. Sofort trat sie neben das Bett und öffnete eine Schublade. Nur Sekunden später klickten Handschellen und fesselten mich an das Bett.

„Nicht weglaufen, ich bin gleich wieder da", höhnte sie.

Nach kurzer Zeit kam sie wieder. Nun trug sie wieder den schwarzen Minirock aus Leder: „Da dir ja der Anblick meiner Möse nicht gefällt, verschone ich dich davon. Aber das ist auch die einzige Schonung, die du von mir bekommst, denn jetzt werde ich dir zeigen, was ich von einer Lusche im Bett halte, die sich noch dazu im Ton vergreift!"

„Ich – aber – bitte, ich…"

Statt auf mein Gestammel einzugehen, ließ sie den Gürtel durch die Luft sausen. Das bekam ich aber erst mit, als er hart auf meinem Gesäß landete, was mir einen Schmerzensschrei entlockte.

„Ja, schrei nur, das Haus ist gut schallisoliert, das hört niemand außer mir. Und für mich ist dein ‚Gesang' herzallerliebst."

Dann ließ sie den Gürtel tanzen, und wie sie ihn tanzen ließ! Wieder und wieder klatschte er auf mein Gesäß, den Rücken und die Schenkel. Ich schrie, drohte, bettelte – ohne Erfolg. Schließlich gab ich auf und versuchte, irgendwie der Schmerzen Herr zu werden. Mein Drehen und Winden hatte zwar nur überaus mäßigen Erfolg, löste aber bei Karin heftige Belustigung aus.

Irgendwann hörte sie auf, mich auszupeitschen. Der Schmerz raste noch eine Weile durch meinen Körper, aber plötzlich spürte ich, wie er von etwas anderem überlagert wurde. Im ersten Moment war das neue Gefühl nicht klar erkennbar, aber schließlich konnte ich es einwandfrei identifizieren: Es war pure Lust! So etwas hatte ich noch nicht erlebt. Natürlich hatte ich von Leuten gehört, die durch Schläge richtig scharf wurden, aber geglaubt hatte ich es nie. Bis zu diesem Augenblick, denn trotz der Schmerzen hatte ich einen prächtigen Ständer!

Karin schien meine Gedanken erraten zu haben. Sie löste rasch die Handschellen und befahl mit nicht mehr ganz so kalter Stimme: „Umdrehen!"

Gehorsam drehte ich mich auf den Rücken. Sofort ragte mein Penis steil nach oben.

„Bitte mich, dich zu reiten!"

Diesem Wunsch kam ich nur allzu gerne nach, denn mein Juwelensack schien plötzlich zum Platzen voll zu sein: „Bitte, bitte, reite mich!"

Sofort blaffte sie mich an: „Ich kann dich nicht hören, Wurm!"

Erschrocken sog ich die Luft ein, bevor ich erneut stammelte: „Bitte, bitte, reite mich!"

Karin schob ihren Rock bis zu ihren Hüften hoch und setze sich auf meinen Pfahl. Dann begann sie mit einem wilden Ritt, wie ich ihn noch nie zuvor erlebt hatte. Das Gefühl, in ihr zu stecken, die durch den Ritt ausgelösten Emotionen sowie der Anblick ihrer heftig schwingenden Brüste brachten mich schier um den Verstand. Dadurch vergaß ich sogar die heftigen Schmerzen, die sich von meiner Rückseite ausgehend auf den gesamten Körper ausbreiteten. Dann schüttelte uns beide gleichzeitig ein heftiger Orgasmus und alles andere wurde unwichtig.

Wir ruhten eine Weile nebeneinander auf dem Bett aus.

Karin fing sich als erste wieder: „Von heute an wirst du dich daran gewöhnen, eine behaarte Muschi zu lecken – nämlich meine! Wehe, du treibst es noch mit einer anderen!"

„Was? Aber ich..."

„Was denn, du hast Widerworte?" Ihre Stimme war wieder so kalt wie ihre eisblauen Augen. „„Marsch ins Wohnzimmer und über den Sessel gebückt!"

Ich starrte sie verständnislos an. Weil ich nicht sofort reagierte, herrschte sie mich an: „Na los, du fauler Sack, beweg deinen Arsch!"

Sofort setzte ich mich in Bewegung. Warum, war mir nicht ganz klar: einerseits machten mir ihre Gemütsschwankungen Angst, andererseits faszinierte mich diese Frau immer mehr. Ihre Ausstrahlung hatte etwas Magisches, und die Auspeitschung vorhin hatte in mir etwas freigesetzt, von dessen Existenz ich bis dato nicht einmal etwas geahnt hatte.

Während ich in das Nebenzimmer ging und die befohlene Strafposition einnahm, ergänzte Karin ihre aus dem Lederrock bestehende Kleidung durch ein Bustier, das ebenfalls aus schwarzem Leder bestand. Dann entnahm sie der Kommode neben dem Bett einen Rohrstock, den sie genussvoll bog und mehrmals sanft in eine Handfläche klatschen ließ.

Nachdem sie sich etwas gesammelt hatte, atmete Karin tief durch und betrat das Wohnzimmer. Dort hatte ich mich tatsächlich über einen Sessel gebeugt, so dass meine blanke und vom Gürtel gezeichnete Kehrseite einladend vor Karin lag.

Beim Betreten des Zimmers klebten meine Augen geradezu an der bildschönen Frau. Das schwarze Leder zog meine Blicke an, und als Karin ganz nah an mich herantrat, sog ich gierig den Geruch des Leders ein. Der optische Reiz gepaart mit dem Geruch und der von dem Gürtel hervorgerufenen Lust vereinigte sich zu einem wahren Sinnesrausch.

„Du hast Widerworte gehabt, dafür muss ich dich bestrafen", flüsterte sie in mein Ohr, „das siehst du doch ein, nicht wahr?" Stumm nickte ich. Sofort zog sie den Rohrstock quer über mein Gesäß. Während noch mein Schmerzenslaut durch den Raum hallte, blaffte sie mich an: „Ich kann dich nicht hören, du Wurm!"

Es dauerte etwas, bis mir dämmerte, was sie von mir erwartete. Der Hieb des Stockes hatte deutlich mehr geschmerzt als die Schläge mit dem Gürtel, was meinen Verstand etwas trübte.

„Wird's bald, du mundfaules Stück!"

Wieder landete der Rohrstock auf meinem Gesäß. Ich heulte auf, um dann mühsam zwischen den Zähnen hervorzupressen: „Ja, ja, ich – ich – hatte – Wider – Widerworte. Bitte, bestrafe mich."

„Das heißt ab sofort ‚Bitte bestrafen sie mich, Gebieterin'! Du hast mich ab sofort zu Siezen und mit ‚Gebieterin' anzusprechen, es sei denn, ich befehle dir etwas anderes. Geht das in dein Spatzenhirn rein oder ist deine Gehirnzelle mit diesem Befehl überfordert?"

„Nein, nein, ich – gut, ja, alles verstanden."

„Dann wiederhol deine Bitte von eben noch mal, aber jetzt in korrekter Form!"

Die ganze Situation schien mir unwirklich zu sein, ja beinahe abstrus. Bis heute kann ich mir nicht erklären, warum ich nicht einfach aufgestanden und gegangen war. Es muss Karins Ausstrahlung gewesen sein, die mich das Spiel mitmachen ließ – obwohl es angesichts der schmerzhaften Hiebe eigentlich kein Spiel sein konnte – oder doch?

„Ich - ich hatte Widerworte und bitte um meine Bestrafung." Bevor sie etwas sagen oder mit einem Stockschlag reagieren konnte, fügte ich hastig ein „Bitte, Gebieterin!" hinzu.

„Na also, geht doch", murmelte sie vor sich hin, jedoch so laut, dass ich es hören konnte. „Für deine Widerworte bekommst du ein Dutzend Hiebe auf deinen Hintern!"

Ganz ergeben nickte ich. Viel Zeit für eine mentale Vorbereitung blieb mir allerdings nicht, denn schon knallte der Rohrstock auf meinen Po. Ich schrie auf und wackelte wie wild mit meiner Kehrseite hin und her. Ob es den Schmerz tatsächlich linderte, weiß ich nicht, aber in meiner Einbildung half es ein ganz klein wenig.

Karin wartete, bis meine Erziehungsfläche nur noch leicht zuckend vor ihr lag. Dann platzierte sie gekonnt den nächsten Hieb. Sofort wiederholte sich das Spiel von Schreien und Powackeln.

Hieb auf Hieb zählte sie mir auf, und immer folgte die gleiche Reaktion. Beim fünften Hieb war es allerdings anders, denn nun erhob ich mich vom Sessel, meine Hände eilten zu den Pobacken und massierten sie wie wild in der Hoffnung, dadurch den Schmerz lindern zu können.

Karin sah eine Weile belustigt zu, aber schließlich wurde sie ungeduldig. Sie klopfte mit der Spitze des Rohrstockes geradezu einladend auf die Sessellehne: „Das reicht jetzt! Los überlegen!" Als ich sie flehentlich ansah, fügte sie ein schroffes „Sofort!" hinzu.

Ich überlegte, ob ich nicht schleunigst verschwinden sollte, aber dann sah ich auf meinen erigierten Penis. Die für das Gesäß so überaus schmerzhafte Behandlung schien ihm zu gefallen, und tatsächlich verspürte ich schon wieder Lust. Ich dachte an die vorherige Auspeitschung und den sich daran anschließenden wilden Sex – und gehorchte beinahe automatisch.

Kaum lag ich wieder über dem Sessel, setzte Karin die Züchtigung fort. Sie zog sich über einen längeren Zeitraum hin, denn trotz aller Vorsätze, die Hiebe mannhaft zu ertragen, fuhr ich nach jedem weiteren Hieb hoch. Ich ertappte mich sogar dabei, bei Karin um einen Strafnachlass zu betteln. Sie lachte nur höhnisch und verabreichte mir als Antwort zwei harte Ohrfeigen. Dann deutete sie wortlos auf den Sessel. Sie strahlte dabei eine Dominanz aus, der ich mich nicht zu entziehen vermochte. Wie unter Hypnose gehorchte ich. Der nächste Hieb zerriss diesen Zustand etwas, aber diesmal bedurfte es keiner ausdrücklichen Anweisung, mich nach einer Phase der Beruhigung wieder überzulegen. Ich wusste nicht, wie viele Hiebe ich noch bekommen würde, denn längst schon hatte ich das Mitzählen aufgegeben, zu wild waren die Gefühle von Schmerz und Lust, als dass ich mich auf das Zählen der Hiebe konzentrieren konnte. Ich vertraute Karin und wusste instinktiv, dass sie mich nicht überfordern oder ernsthaft verletzen würde. Woher ich dieses Wissen nahm, vermag ich nicht zu sagen, es war einfach da. Vielleicht hatten wir schon längst instinktiv ein geheimes Band geknüpft, das uns in Liebe, Lust und Schmerz verband.

Endlich war meine Bestrafung vorbei! Noch bevor ich wusste, wie mir geschah, hatte mich Karin auf den Fußboden gedrückt. Sofort schrie ich laut auf, denn meine gesamte Rückseite war vom Hals bis zu den Knien vom Gürtel und das Gesäß zusätzlich vom Rohrstock geschlagen worden. Das Liegen auf den gezüchtigten Stellen verursachte mir heftige Schmerzen, was Karin mit einem kurzen Lachen quittierte. Zu mehr nahm sie sich nicht die Zeit, denn schon hatte sie sich auf meinem steil aufragenden Ständer aufgespießt und einen zweiten wilden Ritt begonnen. Meine gesamte Rückseite schmerzte, vor allem aber das Hinterteil, das von Karins wildem Ritt immer wieder auf den Fußboden gepresst wurde. Sie nahm keine Rücksicht auf mich, alle meine gestammelten Bitten um einen langsameren Ritt rauschten an ihren Ohren vorbei und verhallten ungehört. Als sich ihr Höhepunkt anbahnte, entfuhren ihr spitze Lustschreie, die sich mit meinem Gemisch von Schmerz- und Lustgestöhn mischten. Mit einem gewaltigen Orgasmus entlud ich schließlich eine gewaltige Ladung Sperma in ihr. Kaum überflutete mein Samen ihre Möse, erzitterte auch sie unter einem gewaltigen Orgasmus. Erschöpft sank sie auf meine Brust. Reglos und schwer atmend blieben wir eine gefühlte Ewigkeit so liegen.

Irgendwann wurde es uns auf dem Boden zu unbequem. Vor allem mir, denn ich lag ja die ganze Zeit auf meinen hart gezüchtigten Körperstellen.

Wir wechselten hinüber ins Bett. Kaum dort angekommen, setzte sich Karin rittlings auf meinen Bauch und meinte: „Du dummer Kerl hast meine Möse mit deinem Geilschleim beschmutzt, also ist es nur gerecht, wenn du sie auch wieder säuberst. Und wehe, du beschwerst dich wegen meiner Schambehaarung!"

Mit diesen Worten rutschte sie hoch und presste mir ihr klatschnasses Geschlecht auf den Mund. Gehorsam ließ ich meine Zunge hervorschnellen und begann, den von mir angerichteten Schaden zu beseitigen. Zumindest versuchte ich es, denn soviel ich auch schluckte, es schien nicht weniger zu werden. Aber das war egal, denn Karin erlebte einen weiteren Höhepunkt.

Als sie erschöpft neben mich sank, fischte ich verstohlen ein paar Schamhaare aus meinen Mund, sagte aber nichts. Noch einer Behandlung mit dem Gürtel oder gar dem Rohrstock wäre ich nicht gewachsen gewesen.

Irgendwann sind wir eingeschlafen und ich bin erst spät am nächsten Morgen wieder aufgewacht. Ich fühlte mich vollkommen zerschlagen, aber ich war ja auch hart geschlagen worden.

Karin war schon auf und empfing mich in einem schwarzen Latexkleid. Da ich nackt war, konnte sie die Wirkung ihres Anblicks sofort an meiner biologischen Reaktion erkennen.

Nachdem ich geduscht und in Ermangelung von frischer Wäsche meine Unterhose von gestern angezogen hatte, zog mich Karin an den Frühstückstisch. Die gesamte Atmosphäre war aufgeheizt. Als ich in einer Zimmerecke eine Vase mit mehreren Rohrstöcken entdeckte, fragte ich zaghaft: „Was hast du damit vor?"

„Ich wässere sie, damit sie gut durchziehen. Wenn du heute Abend wiederkommst, kannst du dich von ihrer Wirkung überzeugen. Du kommst doch wieder, oder?"

Ich schluckte, stimmte aber nach kurzem Zögern zu. Karin hatte mich in ihren Bann gezogen und um kein Geld der Welt wollte ich sie verlassen. Außerdem hatte ich so etwas wie heute noch nie erlebt, denn neben den Schmerzen verspürte ich auch eine gewaltige Lust und ein enormes Glücksgefühl. In dieser Intensität war mir das noch nie zuvor passiert! Ja, ich würde wiederkommen! Dabei war mir bewusst, dass diese Beziehung für mich sehr schmerzhaft sein würde, aber aus unerklärlichen Gründen reizte mich genau das! Ich habe es nie bereut!

Erfüllendes Spanking

Endlich, es war Freitag! Vor Marion und Rainer lag ein ganzes Wochenende ohne Termine, und das wollten sie nutzen. Schon seit Tagen schwelgten die beiden in Vorfreude, denn sie wollten die Zeit für das Ausleben ihrer Lust nutzen. Da sie nicht auf Blümchensex standen, sondern mit dem Spanking eine etwas härtere Gangart beim Sex favorisierten, ließen sie sich gerne viel Zeit beim Ausleben ihrer Vorlieben.

Nachdem die beiden von der Arbeit nach Hause gekommen waren und den Haushalt erledigt hatten, bereiteten sie sich auf ihre amourösen Aktivitäten vor. Das tat Marion besonders gründlich, denn als passiver Teil in ihrer Beziehung erwartete das ihr Mann. Also zog sie sich einen weißen Slip an, der vorne einen üppigen Spitzenbesatz hatte. Ein dazu passender Büstenhalter war schnell angelegt, darüber kam eine weiße Bluse, unter der man den BH deutlich erkennen konnte. Halterlose Strümpfe in Schwarz sowie ein kurzer schwarzer Minirock vervollständigten ihre Garderobe.

Rainer als aktiver Part bereitete sich ebenfalls so vor, dass er seiner Frau gefallen würde. Er zog ein Polohemd an, bei dem er den Kragen weit geöffnet ließ. Eine schwarze Shorts unter einer ebenfalls schwarzen Jeans vervollständigte neben farblich dazu passenden Socken seine Bekleidung.

„Fertig?", fragte Rainer durch die Schlafzimmertür hindurch. Die beiden hatten es sich zur Gewohnheit gemacht, sich getrennt voneinander anzukleiden, um vor allem für ihn die

Spannung über ihren Anblick zu erhöhen. Manchmal, wenn Marion der Schalk im Nacken saß, zog sie absichtlich schlichte Unterwäsche in Weiß oder Rosa mit Blumendruck an, um ihren Mann zu ärgern und eine Zusatzstrafe zu provozieren. Bislang hatte sie damit immer Erfolg gehabt, aber heute wollte sie einfach nur ihre Lust ohne eine Provokation für ihren Mann ausleben.

„Noch ein paar Minuten", kam die postwendende Antwort.

„Okay, ich erwarte dich im Wohnzimmer."

Damit ging Rainer hinüber zur Wohnstube und schenkte sich einen Drink ein. Aus Erfahrung wusste er, dass seine Frau noch etwas Zeit brauchen würde. Das war nicht schlimm, sondern ganz im Gegenteil immer wieder ein gerne genommener Einstieg in ihr Spiel.

Dieses Mal dauerte es aber tatsächlich nicht mehr lange, bis Marion in der Tür erschien: „So, da bin ich!", strahlte sie ihn an.

„Was soll das denn?", fuhr er sie sofort barsch an, „Warum klopfst du nicht an und wartest, bis ich ‚Herein!' sage, egal wie lange das dauern mag? Mir scheint, dass du keinerlei Manieren hast!"

„Oh, das tut mir leid, Schatz", beeilte sich Marion, mit einer Entschuldigung seinen Zorn zu besänftigen, „soll ich wieder rausgehen und nochmals hereinkommen?"

„Na, was glaubst du denn, was du machen sollst?", troff es ihr höhnisch entgegen.

„Ja, Schatz, natürlich, tut mir leid!"

Rasch verließ Marion den Raum. Nachdem sie die Tür geschlossen hatte, atmete sie tief durch, zählte bis drei und klopfte dann an die Tür.

Hinter der Tür rührte sich nichts.

,Jetzt lässt er mich schmoren', dachte Marion. Sie kannte ihren Mann in und auswendig, zudem hatten sie genau diese Situation schon sehr häufig gehabt.

Eine gefühlte Ewigkeit tat sich nichts. Zaghaft klopfte sie schließlich ein weiteres Mal an die Tür.

Wieder dauerte es eine geraume Weile, bis schließlich ein genervtes „Herein!" ertönte.

Eilig betätigte Marion die Klinke und betrat das Wohnzimmer. Ihr Mann saß auf dem Sofa und legte bei ihrem Eintritt demonstrativ die Zeitung, in der er gelesen hatte, zur Seite.

„Ah ja, da bist du ja. Und, war das Anklopfen so schwer?"

„Nein, Schatz, das war ganz leicht."

„Warum hast du dann nicht schon beim ersten Mal geklopft?"

„Ich – ich habe es – vergessen", antwortete sie stockend.

„Vergessen? Nun, zu deinem Glück kenne ich ein gutes Mittel, um dein Gedächtnis für die Zukunft zu schulen."

Ein leises Lächeln huschte um Marions Lippen. Endlich war es soweit, gleich würde sie etwas hintendrauf bekommen. Sie liebte es, wenn ihr Gesäß von Hieben gerötet oder gar verstriemt war und vor Hitze glühte.

Rainer wusste, was gerade in seiner Frau vorging. Er selber freute sich aber auch schon unbändig darauf, seine Frau übers Knie zu legen. Er genoss es, wenn sie sich unter seinen Hieben wand und gleichermaßen vor Lust und vor Schmerz stöhnte.

„Komm her!", befahl er.

Sofort gehorchte Marion.

„Ab übers Knie!"

Rasch legte sie sich quer über seine Beine. Seine Schenkel pressten sich fest an ihren Körper und lösten in ihrer Mitte wohlige Gefühle aus.

Rainer betrachtete die über seinen Beinen liegende Frau und labte sich am Anblick ihres Gesäßes. Beim Überlegen hatte sich ihr kurzer Rock etwas verschoben, sodass ein winziges Stück ihres Slips hervorlugte. Das genügte bereits, um in seinen Lenden Lustgefühle zu wecken.

Marion spürte, wie sich das Glied ihres Mannes versteifte und ihm seine Jeans zu eng wurde. Das Wissen um seine Reaktion löste bei ihr sofort eine eigene Lustreaktion aus, und sie spürte, wie sie zwischen den Beinen feucht wurde.

Rainer betrachtete seine Frau recht lange, aber schließlich klappte er ihr den Rock hoch. Nun lag ihr knackiges Hinterteil vor ihm und wurde nur noch von dem weißen Slip beschützt. Aber der würde ihr nicht wirklich helfen.

Langsam hob er seine Hand, um sie dann auf den Po seiner Frau niedersausen zu lassen. Der Schlag war nicht besonders fest ausgeführt, sondern eher ein liebevoller Klaps. Dementsprechend gab es auch keine hörbare Reaktion von Marion, aber gleichwohl entströmte ihrem Schlitz ein Schwall Lustsaft.

Sie wusste, dass die ersten Hiebe immer moderat waren und dem Aufwärmen dienten. Erst danach ging es richtig zur Sache, aber die Vorfreude bescherte ihr beinahe schon einen Höhepunkt.

Nach fast einem Dutzend Schläge hielt Rainer kurz inne und betrachtete die Körpermitte seiner Frau. Dabei entging ihm nicht der verräterische dunkle Fleck zwischen ihren Beinen. Obwohl er wusste, um was es sich handelte, fuhr er mit seinen Fingern über den feuchten Stoff. Sofort stöhnte Marion lustvoll auf.

„Na, du Luder, macht dich das geil?"

„Ja, mein Schatz, oh ja, bitte streichele mir weiter meine Muschi!"

„Das hättest du wohl gerne, du geiles Stück!"

Dann zog er seine Finger weg und verharrte kurz.

Marion bewegte sich lustvoll auf seinen Beinen. Als sie aber merkte, dass seine Berührungen aufgehört hatten, beruhigte sie sich langsam. Sie wusste, was nun kommen würde. Anfangs hatte sie um die Fortsetzung der Hiebe gebettelt, aber inzwischen wusste sie, dass er auch ohne weitere Bitten weitermachen würde.

Tatsächlich ließ Rainer seine Hand wieder kraftvoll auf das Hinterteil seiner Frau sausen. Mit einem satten Klatschen landete sie und löste bei ihr leichten Schmerz und eine kleine Hitzewelle aus. Sofort reagierte Marion darauf mit laszivem Stöhnen und rieb sich an seinem Schenkel.

„Ja, das brauchst du, nicht wahr!", lachte er und ließ seine Hand wieder und wieder auf Marions Hintern niedersausen.

„Ja, Schatz, ja, ich brauche das! Mach weiter, bitte, bitte, mach weiter!", stöhnte sie vor Lust bebend.

Zwischen zwei Hieben befühlte er immer mal wieder ihr Gesäß und ließ dabei wie zufällig seine Finger zwischen ihre Beine gleiten. Sobald er ihren Schlitz streichelte, verstärkte sich ihr Stöhnen und sie wand sich auf seinen Beinen wie ein Aal.

Jetzt versohlte er minutenlang ihren Hintern mit der Hand. Längst schon konnte er durch den dünnen Stoff ihres Höschens die Hitze spüren und erahnte die Röte ihrer Kehrseite.

Schließlich hatte er genug und befahl ihr, sich zu erheben.

„Diese Hiebe waren für das fehlende Anklopfen! Beim nächsten Mal gibt es dafür Schläge mit dem Kochlöffel! Ich werde dir schon Manieren beibringen und es kommt ganz alleine auf dich an, wie schmerzhaft das Erlernen von anständigem Benehmen sein wird."

„Ja, Schatz, vielen Dank, Schatz, ich werde mich bemühen, mich besser zu benehmen", versprach Marion eilig. Dabei wussten beide, dass dieses Versprechen nicht ernst gemeint war, weil sie es einfach viel zu sehr liebte, einen versohlten Hintern zu haben, als dass sie sich einen Grund für eine Bestrafung entgehen lassen würde. Das war ihm nur recht, denn er bestrafte sie nur zu gerne.

„Na gut, dann betrachten wir diese zusätzliche Strafmaßnahme als beendet und kommen zum eigentlichen Ablauf."

Innerlich jubelte Marion laut auf, denn darauf freute sie sich schon den ganzen Tag.

Rainer trat hinter seine Frau und fasste ihr ungeniert an die Brüste. Kaum hielt er die Prachtäpfel in seinen Händen, begann er sie kräftig zu kneten. Marion hatte die Augen geschlossen, um seine Berührungen noch intensiver fühlen zu können. Aus ihrem halbgeöffneten Mund drang immer wieder leises Stöhnen. Sie liebte seine Hände an ihren Brüsten, und unter seinen Griffen wurden ihre Nippel hart wie Stein. Das blieb Rainer nicht verborgen, und so knetete er ihre Wonnehügel minutenlang durch.

Sein Glied war trotz der engen Hose zu seiner vollen Größe angewachsen und drückte hart gegen den Stoff. Es wurde Zeit, den nächsten Schritt zu machen.

Rasch trat Rainer zurück.

„Umdrehen!", befahl er und bemühte sich um einen barschen Tonfall.

Sofort gehorchte Marion.

„Zieh Bluse und Rock aus!"

„Ja, Schatz, alles, was du willst, Schatz!"

Kaum waren die beiden Kleidungsstücke gefallen, musste sie sich vor seinen Augen langsam um die eigene Achse drehen und sich seinem strengen Blick präsentieren. Rainer liebte es, seine spärlich bekleidete Frau zu betrachten und genoss immer wieder ihren verführerischen Anblick. Dennoch verengten sich dieses Mal seine Augen zu schmalen Schlitzen.

„Was soll das?"

Marion schaute verwirrt drein.

„Was meinst du, Schatz?"

„Das weißt du nicht?"

„Nein, leider nicht."

„Bist du sicher?"

„Ganz sicher, Schatz!"

Das schalkhafte Blitzen in ihren Augen zeigte ihm deutlich, dass sie genau wusste, was er meinte. Dennoch ging er auf ihr Spiel ein.

„Dann will ich mal nachhelfen!"

Bei diesen Worten schob er seine Frau zum Sofa und drückte sie über die Seitenlehne. Gleich darauf hatte er einen Kochlöffel in der Hand und hielt ihn ihr vor das Gesicht: „Dann werde ich deinem Gedächtnis mal etwas auf die Sprünge helfen. Sag mir, wenn dir einfällt, was ich meine!"

Dann ließ er den Kochlöffel sprechen. Nach zwei Schlägen auf jede Pobacke fragte er sie: „Ist dir schon eingefallen, was ich meine?"

„Nein, Schatz, leider nicht."

„Also machen wir weiter. Melde dich, wenn es dir eingefallen ist!"

Schon schwirrte der Kochlöffel erneut durch die Luft und traf punktgenau ihre rechte Pobacke. Ein leiser Schmerzenslaut war alles, was Marion von sich gab. Viel Zeit zum Erholen blieb ihr jedoch nicht, denn schon wurde ihre linke Pobacke getroffen.

Wieder und wieder traf der Kochlöffel ihren Hintern. Während der Schmerz anstieg und sie ihn das immer lauter hören ließ, spürte sie gleichzeitig eine unglaubliche Hitze zwischen ihren Beinen. Am liebsten hätte sie sich dort unten angefasst und ihren Schlitz gerubbelt, aber sie unterließ es. Stattdessen ergötzte sie sich am Lustsaft, der immer stärker aus ihrem Lustloch floss. Wie zuvor auf Rainers Beinen wand sie sich nun auf der Sessellehne wie ein Aal und verstärkte durch die Reibung ihre Lust.

Ihr Mann spürte, dass sie sich einem Höhepunkt näherte.

„Na, du Luder, machen dich die Schläge geil?"

„Ja – Schatz, jahaaa."

„Soll ich aufhören?"

„Nein, bitte, nicht, mach weiter, bitte, bitte, mach weiter!", keuchte sie. Ihr Atem ging immer schneller – bis sie plötzlich ganz still war. Kaum fasste Rainer sie in den Schritt, schrie sie kurz auf und wurde im nächsten Moment von einem gewaltigen Orgasmus geschüttelt. Seine Hand wurde von klebrigem Lustsaft überschwemmt, weil der Stoff ihres Slips die Flut nicht mehr aufhalten konnte.

Rainer ließ seine Hand zwischen ihren Beinen ruhen, bis sich seine Frau wieder gesammelt hatte. Dann hielt er ihr seine von Lustsaft verklebte Hand vors Gesicht: „Du Sau hast mich mit deinem Geilschleim schmutzig gemacht! Also los, mach mich wieder sauber!"

Sofort begann sie, ihren eigenen Saft von seiner Hand zu lecken. Sie liebte den Geschmack ihres Lustsaftes und leckte daher seine Hand mit voller Hingabe.

Als sie mit der Säuberungsaktion fertig war, griff Rainer wieder zum Kochlöffel.

„Ist dir inzwischen eingefallen, was ich vorhin gemeint habe?", fragte er drohend.

„Nein, Schatz, ich weiß wirklich nicht, was du meinst." Ein unschuldiger Augenaufschlag sollte ihre Worte unterstreichen.

„Na dann: Auf zur nächsten Runde!"

Damit ließ er wieder den Kochlöffel sprechen.

Es dauerte nicht lange, und er konnte am Tonfall ihres Stöhnens erkennen, dass sie sich einem zweiten Höhepunkt näherte. Dieses Mal änderte er aber die Taktik und brach ab, kurz bevor sie kommen konnte.

„Das – das ist gemein", protestierte sie.

Er grinste seine Frau frech an: „Ich mache erst weiter, wenn du sagst, was ich hören will."

„Das – das ist gemein!", wiederholte sie halb im Lustrausch.

„Also? Ich höre!"

„Strapse", hauchte sie, „ich habe keine Strapse an."

„Braves Weib!", lobte er sie.

„Bitte, bitte, mach weiter!", bettelte sie.

Das ließ er sich nicht zweimal sagen. Doch wieder änderte er die Vorgehensweise, denn während er mit einer Hand den Kochlöffel schwang, streichelte er mit der anderen Hand Marions Möse. Seine Frau war so aufgeheizt, dass es nur weniger

Augenblicke bedurfte, bis sie von einem zweiten Orgasmus geschüttelt wurde.

Nachdem sie sich beruhigt und seine Hand erneut mit ihrem Mund von ihrem Lustschleim befreit hatte, durfte sie sich zum Ausruhen in ihrer Strafecke niederknien.

Lange hielt Rainer den appetitlichen Anblick seiner spärlich bekleideten Frau jedoch nicht aus. Also schickte er sie schon nach wenigen Minuten ins Schlafzimmer, um ihre Kleidung zu vervollständigen. Als sie kurz darauf wieder im Wohnzimmer erschien, hatte sie einen schwarzen Strapsgürtel angelegt und ihren Slip darüber gezogen.

Wieder musste sie sich ihrem Mann präsentieren und sich mehrmals langsam vor seinen Augen drehen.

„Na also, geht doch!", murmelte er zufrieden.

„Und nun?" wagte sie zu fragen.

„Jetzt wird der Gürtel auf deinem Prachtarsch tanzen!", grinste er, „Aber zuerst wirst du den BH ablegen."

Einen Augenblick später lag das besagte Kleidungsstück auf einem Sessel.

Marion fasste unter ihre Brüste und hob sie leicht an. „Gefallen sie dir?", fragte sie neckisch.

Grinsend erwiderte er: „Sehr gut sogar, aber noch besser gefällt es mir, wenn du mit ihnen spielst. Also los, spiel mit deinen Bällen!"

Marion erwiderte sein Lachen und massierte vor seinen Augen ihre Brüste. Dabei ließ sie auch die Nippel nicht aus. Immer wieder fuhr sie mit den Fingern über die Brustwarzen, dann quetschte sie sie zwischen zwei Fingern oder zog sie in die Länge. Längst schon nahm sie ihren Mann nicht mehr wahr, zu sehr ging sie im Spiel mit ihren Brüsten auf. Erleichtert wurde ihr das durch die ansteigende Lust zwischen ihren Beinen, denn das Spiel mit ihren Titten machte sie immer schnell scharf.

Noch während sie mit ihren Bällen spielte, hörte sie wie aus weiter Ferne Rainers Stimme: „Beine breit, du Luder!"

Sie gehorchte mechanisch und spreizte die Beine. Gleich darauf spürte sie seine Hand an ihrem Schlitz. Zunächst streichelte er sanft die Schamlippen und das Lustloch, aber dann schob er den Stoff ihres Höschens beiseite und drang mit zwei Fingern in sie ein. Lustvolles Seufzen entrang sich ihrer Brust und steigerte sich rasch, da er sie ausgiebig befingerte. Wieder und wieder stießen seine Finger in ihre Muschi und imitierten den Geschlechtsakt. Das hielt Marion nicht lange aus, das bisherige Spiel hatte sie zu sehr aufgeheizt. Mit einem lauten Stöhnen knickte sie in der Körpermitte ein, während es ihr kam.

Rainer spürte, wie der Orgasmus durch ihr Geschlecht tobte, aber er zog seine Finger erst zurück, als sie sich langsam und immer wieder von Zuckungen geschüttelt beruhigte. Dabei stützte er seine Frau, die sonst zweifellos hingefallen wäre.

Liebevoll führte er schließlich Marion zum Sofa und ließ sie darauf Platz nehmen. Zum Glück oder besser in weiser Voraussicht aufgrund früherer Erfahrungen wurde die Sitzfläche von einer Decke geschützt. Sofort bildete sich zwischen ihren Beinen ein feuchter Fleck auf der Decke.

Rainer hatte sich neben seine Frau gesetzt und küsste sie sanft, während er ihr gleichzeitig mit seiner vom Lustsaft klebrigen Hand durch das Haar fuhr.

Nach einiger Zeit hatte sich Marion wieder halbwegs erholt. Sanft legte sie ihre Hand in seinen Schritt und kraulte durch den Jeansstoff seinen Penis.

„Soll ich?", fragte sie.

„Noch nicht", lautete die Antwort, „aber gleich. Doch zuerst möchte ich dir mit dem Gürtel den Hintern peitschen – meinst du, dass du das durchhalten wirst?"

Sie lächelte ihn an: „Ach, Schatz, du bist süß! Natürlich halte ich das aus, du weißt doch, wie sehr ich den Gürtel liebe!"

„Wie fast alle Strafinstrumente", grinste er zurück.

„Ja, wie fast alle Strafinstrumente", bestätigte sie nickend, „also los, besorg es mir mit dem Gürtel!"

„Also gut! Zieh deinen Schlüpfer aus und dann ab über die Sofalehne!", kommandierte er.

Das ließ sich Marion nicht zweimal sagen. In Windeseile fiel ihr Slip und mit vor Lust zitternden Beinen legte sie sich nur noch mit Strümpfen und Strapsen bekleidet über die Lehne.

Rainer ließ seinen Blick über seine erwartungsvoll vor ihm liegende Frau schweifen. Schließlich riss er sich aber zusammen und zog den Ledergürtel aus seiner Hose. Beim Anblick seiner halbnackten Frau wurde er jedoch so geil, dass er sich die Jeans vom Leib riss. Augenblicke später fiel auch das

Polohemd. Nur noch mit seiner schwarzen Unterhose bekleidet stand er nun neben seiner Frau und hielt den Ledergürtel in der Hand.

In aller Ruhe nahm er Maß – dann ließ er den Gürtel auf Marions Hinterteil knallen. Sie zuckte leicht zusammen und ein leises „Oohh" entwich ihren Lippen.

Gleich darauf durchschnitt der Ledergürtel erneut die Luft. Bei seiner zielsicheren Landung fiel ihre Reaktion schon etwas heftiger aus. Rainer registrierte das mit Genugtuung und zugleich mit wachsender Erregung. Längst schon drückte sein Penis gegen den dünnen Stoff seiner Unterhose, doch noch konnte er seine Erregung kontrollieren.

Wieder und wieder traf der Gürtel Marions Hinterteil, das schnell in einem satten Rot glänzte. Sie wusste, dass es morgen grün und blau schimmern würde, aber das war ihr nicht nur egal, sondern die freute sich sogar darauf. Bei dem Gedanken an die Spuren nach dem letzten Spiel musste sie unwillkürlich lächeln.

Ein Hieb riss sie aus ihren Gedanken. Neben dem Schmerz wurde sie sich nun aber der glühenden Hitze zwischen ihren Beinen bewusst.

„Schatz, bitte, nimm mich", hauchte sie.

Rainer hielt kurz mit dem Schlagen inne: „Was willst du?"

„Bitte, bitte, fick mich!", jammerte sie, „Ich bin so geil, ich brauche deinen Schwanz in mir, ich will ihn ganz tief in mir spüren. Bitte, bitte, fick mich endlich!"

Das ließ sich Rainer nicht zweimal sagen. Sekundenbruchteile später war er nackt und stand hinter ihr. Er ging in die Knie und bedeckte ihren Po mit heißen Küssen. Er spürte die Hitze, die seine Schläge verursacht hatten, und genoss sie. Schließlich richtete er sich auf und führte sein Glied in ihr Lustloch ein. Kaum war die Vereinigung hergestellt, legte er los. Er wusste, dass es seine Frau schnell und hart mochte, also besorgte er es ihr genau so.

Marion stöhnte vor Lust und vor Schmerz, als seine Lenden ihr versohltes Hinterteil trafen, doch schon bald war es nur noch pures Luststöhnen. Sie genoss es, gleich nach einer Tracht Prügel genommen zu werden, weil sie auf diese Weise eine unglaubliche Steigerung ihres Lustgefühls erlebte. Es war also nicht verwunderlich, dass sie schnell dem Höhepunkt zustrebte.

„Schatz, ich – ooohh – ich – uuh – i – ich - ko-komme…"

„Ja, du geiles Luder, lass es raus, ich will dich stöhnen hören", japste Rainer

„Ich – ooooohhh!!!!"

Er spürte, wie der Lustsaft durch ihre Grotte tobte und sie von einem heftigen Orgasmus geschüttelt wurde. Doch er machte dennoch weiter.

„Oh, Schatz, bitte…", jammerte Marion mit vor Erschöpfung matter Stimme.

„Ich – bin noch nicht – soweit", keuchte Rainer und stieß sein Glied weiterhin in ihre Muschi.

Marion fühlte große Erschöpfung, aber weil ihr Mann noch nicht gekommen war, ließ sie ihn weitermachen. Nach ein paar weiteren Stößen verspürte sie wieder das Aufsteigen ihrer eigenen Lust. Mit jedem zusätzlichen Stoß wurde es größer und mächtiger, bis es vollständig Besitz von ihr ergriffen hatte und ihr ganzes Denken beherrschte.

Immer wieder stieß Rainer sein Glied in ihren Schlitz. Endlich spürte er seinen Orgasmus kommen, aber auch Marion war nicht mehr weit entfernt von einem neuerlichen Höhepunkt. Sie brauchte nur noch wenige Stöße, um ebenfalls zu kommen.

Schließlich war es soweit! Rainer konnte nicht mehr und verströmte sein Sperma in ihrem Lustloch. Das war für Marions Beherrschung zuviel, und so erlebte sie einen weiteren Höhepunkt.

Danach sank Rainer erschöpft auf seine Frau, die ebenfalls bewegungsunfähig über der Sofalehne lag.

Es dauerte einen langen Moment, bis sich Rainer aufrichtete, und auch Marion erhob sich vom Sofa.

Sanft lächelte sie ihn an: „Das war wunderschön!"

Er lächelte zurück, wurde aber gleich darauf ernst: „Du dumme Kuh hast mit deinem Fotzensaft meinen schönen Schwanz verschmiert. Was macht deshalb eine anständige Frau?"

Marion ging sofort auf sein Spiel ein: „Sie macht dein Gerät sauber. Bitte, Schatz, darf ich deinen Prachtschwanz mit meinem Mund sauberlecken?"

Innerlich grinsend antwortete er mit ernster Stimme: „Das ist ja wohl das Mindeste, was du tun kannst. Also los, Erlaubnis erteilt!"

Sofort sank Marion auf die Knie, griff mit einer Hand nach seinem Glied und mit der anderen Hand nach seinem Hodensack. Gleich darauf ließ sie ihre Zunge an seinem schlaffen Glied entlangfahren. Sofort erwachte es wieder zum Leben und richtete sich nach und nach auf, bis es wieder seine volle Größe erreicht hatte.

Marions Zunge fuhr unermüdlich den Schaft hinauf und hinab, bevor sie schließlich die Eichel umspielte. Bei dieser Berührung stöhnte Rainer leicht auf und Marion spürte, wie sein Penis heftig zu pulsieren begann.

Voller Hingabe leckte sie ihren Mann, bevor sie schließlich ihren Mund über sein Glied stülpte und es tief in sich einsog. Da er vor ihr stand, bewegte sich ihr Kopf rhythmisch vor und zurück, während sie mit einer Hand seine Hoden sanft massierte. Es dauerte nicht lange, und sie fühlte, wie sich seine beiden Juwelen zu einem einzigen Teil zu vereinen schienen. Aus Erfahrung wusste sie, dass er kurz vor einem Höhepunkt stand. Sofort intensivierte sie ihre Bemühungen und lutschte sein Glied schneller.

Rainer versuchte, den Orgasmus zu verzögern, aber lange hielt er nicht durch. Marions orale Künste waren unglaublich, und schließlich konnte er es nicht mehr aufhalten. Mit einem Aufschrei entlud er sich in ihrem Mund. Sofort schluckte Marion soviel von seinem Saft, wie sie nur konnte. Da er sich bereits zuvor in ihrem Schlitz entladen hatte, war diese Ladung nicht ganz so umfangreich, aber dennoch war es ihr trotz aller Bemühungen nicht möglich, seinen ganzen Saft zu schlucken. Schon bildeten sich an ihren Mundwinkeln zwei Rinnsale, durch sie sich Teile seines Spermas einen Weg nach unten bahnten.

Als nach einer Weile nichts mehr kam und sein Glied völlig schlaff geworden war, leckte sie liebevoll den letzten Tropfen von seiner Eichel.

Es dauerte etwas, bis Rainer wieder in der Realität angekommen war. Da sie beide ziemlich wackelige Beine hatten, führte ihn Marion zum Sofa, wo sie niedersanken. Sofort kuschelte sie sich an ihren Mann, der liebevoll einen Arm um sie legte.

„Das war klasse!", meinte er matt.

„Oh ja, das war wieder unglaublich schön!", bestätigte Marion.

Minutenlang saßen sie eng umschlungen auf dem Sofa und ließen die Ereignisse der letzten Stunden vor ihrem inneren Auge Revue passieren.

Schließlich meinte Marion: „Duhu, Schahatz..."

„Ja?"

„Bitte, bitte, leg mich noch mal übers Knie und versohl mich mit der Hand."

„Bist du schon wieder geil?"

Sie nickte lachend: „Ja, mein Schlitz ist tatsächlich schon wieder feucht. Unglaublich, nicht wahr? Aber was soll ich machen, er juckt wie verrückt. Also bitte, bitte, versohl mich mit der Hand und fick mich danach noch mal ordentlich durch. Bitte, bitte!"

Trotz seiner Erschöpfung ließ sich Rainer nicht zweimal bitten und klopfte einladend auf seine nackten Schenkel.

Sofort legte sich Marion über seine Knie und reckte ihr von den vorangegangenen Schlägen gezeichnetes Hinterteil in die Höhe. Gleich darauf ließ er seine Hand wieder und wieder auf ihren nackten Hintern knallen.

Marion wand sich auf seinen Beinen wie ein Wurm und rieb ihr Geschlecht an seinen Beinen. Da sich sein Glied versteifte und gegen ihren Körper drückte, verstärkte sich dadurch ihre Lust um ein Vielfaches.

Rainer klatschte das Gesäß seiner Frau tüchtig aus. Aufgrund ihrer Bewegungen wusste er, dass sie immer erhitzter wurde und schließlich kurz vor einem Orgasmus stand. Sofort steckte er ihr zwei Finger in den Schlitz und bearbeitete ihr Geschlecht sehr intensiv. Schon nach kurzer Zeit jaulte Marion einen Orgasmus in den Raum.

Aber trotz ihres Höhepunktes ließ Rainer nicht locker. Er hielt sie weiter fest über seine Knie geklemmt und schlug weiter auf ihren Hintern ein. Inzwischen war er selber wieder scharf geworden.

Es dauerte dieses Mal etwas länger, bis sich Marion einem weiteren Höhepunkt näherte. Dafür glühte Rainers Penis schon vor Geilheit.

Endlich spürte er, dass sie sich ganz kurz vor einem weiteren Orgasmus befand. Als sie jeden Moment zu kommen schien, stieß er sie auf den Fußboden und kniete sich rasch hinter sie. Dann zog er ihr Hinterteil in die Höhe. Marion wusste, was er vorhatte, und ließ rasch Kopf und Schultern auf den Boden sinken. Sofort steckte er ihr sein Glied in das hochgereckte Hinterteil und vögelte wild drauflos.

In Sekundenschnelle war der Raum erfüllt von lustvollem Stöhnen und Keuchen. Immer heftiger stieß er zu, und entsprechend steigerte sich bei beiden das Stöhnen bis hin zu heiseren Schreien. Schließlich konnte Rainer nicht mehr an sich halten und entlud sich, von einem lauten Schrei begleitet, in ihrem Hintern.

Nach einer kurzen Pause drehte er Marion auf den Rücken und bedeutete ihr, sich lang hinzulegen. Kaum lag sie wie gewünscht, spreizte er ihre Beine und versenkte seine Zunge in ihrem feuchtheißen Lustloch. Sie war durch den Fick in ihren Hintern bereits so aufgegeilt, dass es ihr bereits nach wenigen Sekunden kam. Nun war es an ihm, den Geilschleim seiner Frau zu schlucken, was er voller Hingabe tat.

Kaum war der letzte Tropfen weggeleckt, ließ er sich erschöpft neben sie fallen.

Nach einiger Zeit meinte sie: „Das war wunderbar! Einfach nur schön!"

Er nickte matt.

„Wollen wir ins Bett gehen, da ist es bequemer?"

„Brauchst du noch mehr Sex? Willst du noch mal kommen?"

„Oh nein!", lachte sie, „Meine Muschi ist schon ganz wund, für heute reicht es!" Nach einer Pause fügte sie schelmisch lachend hinzu: „Aber morgen kannst du mich wieder verwöhnen – erst mit dem Rohrstock und dann mit deinem Prachtschwanz!"

„Gute Idee", erwiderte er grinsend, „dann lass uns also jetzt ins Bett gehen, damit du morgen schön belastbar bist."

Als Antwort bekam er einen Kuss auf die Nasenspitze.

Gleich darauf gingen die beiden mit etwas unsicheren Beinen zum Schlafzimmer. Dabei konnte es sich Rainer nicht verkneifen, seiner Frau auf dem Weg dorthin immer wieder einen Klaps auf ihr wohlgeformtes und von ihrem Spiel hübsch gezeichnetes Hinterteil zu geben. Jeder liebevolle Klaps entlockte ihr ein leichtes Stöhnen, das halb von Schmerz, halb von brünstiger Lust geprägt war. Beide freuten sich bereits auf die Fortsetzung ihres Spiels am nächsten Tag…

Karin und Gerd 2
Das Malheur

Seit ein paar Wochen waren Karin und ich nun schon ein Paar. Zwar hatte ich noch meine eigene Wohnung, aber dennoch hielt ich mich fast nur noch bei ihr auf und hatte dort auch schon ziemlich viel Wäsche gelagert. Noch vor meinem ‚Einzug' hatte sie mir klargemacht, dass sie das Sagen hatte. Zwar durfte ich grundsätzlich immer meine Meinung äußern, aber sie bestand darauf, grundsätzlich immer das letzte Wort und damit die verbindliche Entscheidungshoheit zu haben. Ich war damit einverstanden, denn nach unserem ersten Aneinanderrasseln, bei dem sie mir ihren Standpunkt mit Hilfe von kräftigen Hieben klargemacht hatte, war ich von ihr begeistert. Schon immer hatte mich das Spanking fasziniert, aber nach diesem ersten Erlebnis mit ihr wollte ich es nicht mehr missen. Dementsprechend kam mir Karins Forderung sehr gelegen. Begehrte ich dennoch mal dagegen auf, machte sie mir sehr schnell und auf recht schmerzhafte Art klar, wer in unserer Beziehung den Stock führte. Für mich beschränkten sich die Spankingerlebnisse bis dato auf Besuche in Dominastudios, so dass mir diese Form einer Beziehung bis dahin unbekannt war. Erstaunlicherweise faszinierte sie mich jedoch vom ersten Tag an. Also ließ ich mich darauf ein und war um Wohlverhalten bemüht. Hatte ich mir allerdings trotz aller Bemühungen in Karins Augen ein Fehlverhalten zuschulden kommen lassen, akzeptierte ich die entsprechende Bestrafung. Da sie eine sehr gute Handschrift hatte und zudem mit diversen Strafinstrumenten gut umzugehen wusste, war die Verbüßung meiner Strafe nicht immer leicht. Dafür war der auf eine Züchtigung folgende ‚Verzeihungssex' immer eine Wucht!

An diesem Donnerstag war ich bereits am frühen Morgen mit Karin zusammengerasselt. Sie hatte wegen des bevorstehenden Osterwochenendes an diesem Tag Urlaub und wollte ihn zum Waschen der Wäsche nutzen. Eigentlich machte sie das samstags, aber wegen der Feiertage und der damit verbundenen Tournee in der Verwandtschaft fehlte ihr dafür die Zeit. Also opferte sie einen Urlaubstag, um etwas mehr Zeit und Ruhe zu haben. Da wir mehr oder weniger zusammen wohnten, wusch sie auch meine Wäsche. Wie üblich kontrollierte sie dabei meine Unterhosen auf verräterische Schmutzflecken, was sich vor allem auf Spuren von Urinflecken bezog. Von Anfang an hatte sie mir nämlich eingeschärft, mich grundsätzlich immer und überall bei der Verrichtung des ‚kleinen Geschäfts' auf eine Toilette zu setzen und mich keinesfalls im Stehen zu erleichtern, selbst wenn ein Urinal zur Verfügung stehen würde. Der Grund für ihre Anweisung war einleuchtend, denn nur im Sitzen würde ich genug Zeit finden, mein Glied nach der Verrichtung mit Toilettenpapier gründlich säubern zu können. Sie hatte mir eingeschärft, lieber ein oder zwei Minuten länger auf der Toilette zu verweilen, damit auch wirklich der letzte Tropfen im Papier und nicht in meiner Unterhose landete. Für den Fall, dass sie in einer Unterhose einen Urinfleck finden würde, hatte sie mir eine strenge Bestrafung angedroht, denn zum einen sah sie einen solchen Fleck als Zeichen für fehlende Hygiene an und ‚mit einem Ferkel' wollte sie nicht zusammenleben. Zum anderen empfand sie es als Zumutung, meine ‚verschmutzten Unterhosen' waschen zu müssen. Da ich wusste, dass ihre Drohung keineswegs leer war, hielt ich mich an ihre Toilettenregel. Damit sie mein Verhalten gerade während der Arbeitszeit besser überwachen konnte, durfte ich nur weiße Doppelripp-Slips tragen. „Das hat zudem den Vorteil, dass du im Falle eines Seitensprungs von dem Flittchen als langweilig eingestuft wirst", pflegte sie zur Begründung grinsend hinzuzufügen.

Leider hatte ich am Vortag zwei wichtige Besprechungen kurz hintereinander gehabt und war zwischendurch schnell auf die Toilette gegangen. Entgegen Karins Anweisung hatte ich wegen der nur sehr kurzen Zeitspanne zwischen den Sitzungen ausnahmsweise das Urinal benutzt, mein Glied aber dennoch mit einem Papiertuch gereinigt – da ich zu dem Zeitpunkt alleine auf der Örtlichkeit war, wurde mir diese Entscheidung erleichtert. Trotz aller Gründlichkeit musste sich aber nach dem Richten der Kleidung doch noch ein Tropfen heraus geschlichen haben, denn an diesem Morgen hatte sie in meiner Unterhose einen Fleck entdeckt. Natürlich hielt sie mir den Slip sogleich unter die Nase, und wirklich war auf dem weißen Stoff ganz schwach ein blasser gelber Fleck erkennbar.

„Siehst du diesen Fleck?", fragte sie betont freundlich. Dabei hielt sie mir die Innenseite der Unterhose so vor das Gesicht, dass meine Nasenspitze nur knapp einen Zentimeter vom Stoff entfernt war.

„Äh – oh, ja, da ist – ich meine, tut mir leid!"

„Hast du mir dazu etwas zu erzählen?"

„Äh – ja, ich kann das erklären", setzte ich an, aber nach einem kurzen Blick zur Uhr fügte ich hinzu: „aber es ist schon spät, ich muss los."

„Du weißt, dass dir für diese Ferkelei ein Povoll winkt?"

„Ja, ich weiß", seufzte ich.

„Willst du die Strafe gleich verbüßen?"

„Äh – würde ich gerne", erwiderte ich etwas hektisch, „aber ich muss jetzt wirklich los."

Zum Glück war ich tatsächlich spät dran und musste wirklich dringend zur Arbeit, weshalb ich nur noch eine kleine Standpauke erhielt. Die eigentliche Strafpredigt sowie die fällige Bestrafung würde sie am morgigen Tag vornehmen, denn heute würde es nicht gehen: Wegen des morgigen Feiertags stand für mich gleich nach der Arbeit ein geselliges Beisammensein mit meinen Kollegen auf dem Programm. Zweimal im Jahr pflegten wir nämlich mit einem ausgedehnten Streifzug durch die Kneipen die Kollegialität, um dadurch den Zusammenhalt zu stärken. Ich mochte diese Treffen nicht, denn es wurde immer ziemlich viel Alkohol getrunken, was ich nicht mochte. Mich von der ‚Veranstaltung' auszuschließen, wäre jedoch überhaupt nicht gut angekommen und ich hätte eine Menge Probleme bekommen. Also ging ich mit. Die ersten Getränkerunden musste ich mitmachen, um mich nicht gleich zu Beginn des Abends ins Abseits zu katapultieren. Mit zunehmender Dauer stieg bei uns allen der Alkoholpegel. Das nutzte ich dann immer, um so manche Runde auszulassen, indem ich einfach mein Glas nicht austrank und bei der nächsten Runde so tat, als hätte ich schneller als die anderen getrunken. Wegen ihres alkoholbenebelten Hirns haben sie mich nie durchschaut, vielmehr glaubten sie sogar, dass ich viel mehr als sie vertragen würde. Ein Trugschluss, den ich aber nie aufgeklärt habe.

An diesem Abend lief es wie schon bei den Malen zuvor: eine Runde jagte die nächste, zwischendrin musste aus unerfindlichen Gründen ein Ortswechsel vorgenommen werden. Waren es in den Vorjahren zwei bis drei Kneipenwechsel, ließen wir es diesmal bei einem bewenden – meine Kollegen waren nicht mehr in der Lage, einen weiteren vorzunehmen. Ich spürte den Alkohol ebenfalls, war aber wegen der ausgelassenen Runden noch halbwegs klar im Kopf. Etwas früher als üblich endete schließlich dieser Abend. Meine Kollegen riefen ein Taxi, in dem ich auch noch Platz gefunden hätte, aber aus den Erfahrungen der Vorjahre wusste ich, wo das enden konnte: in einem Bordell. Zwar gab es dort wegen des Alkoholpegels keinen Geschlechtsverkehr, aber dafür Getränke, die vollkommen überteuert waren. Das musste ich mir nicht noch einmal antun. Außerdem wehe mir, wenn Karin davon erfahren hätte! Ein fremdes Haar an meiner Kleidung oder der leichte Hauch eines weiblichen Parfüms und mir würde eine Katastrophe blühen! Also tat ich gegenüber den Kollegen so, als ob ich noch benebelter als sie sei. Ich gab an, deshalb noch eine Runde um den Block laufen zu wollen, bevor ich mir dann ein eigenes Taxi rufe würde. Die Kollegen nahmen mir die Begründung ab und ihr Taxi fuhr los.

Als der Wagen um die nächste Ecke fuhr, machte ich mich tatsächlich daran, einmal um den Block zu laufen. Es war noch lange vor meiner angekündigten Rückkehr, so dass ich den Alkoholnebel in meinem Kopf an der frischen Luft noch etwas lichten wollte. Karin würde es sicher positiv aufnehmen, wenn ich fast nüchtern zurückkommen würde. Vielleicht würde sie das auch gnädiger stimmen, denn wegen meiner fleckigen Unterhose vom Vortag hatte sie noch eine Rechnung mit mir offen. Mir graute etwas vor der Strafe und ich grübelte, wie streng es wohl werden würde.

In Gedanken versunken war ich um den Block gelaufen und hatte nicht auf die Zeit geachtet. Ich verspürte einen leichten Blasendruck und überlegte, ob ich nochmals in die Kneipe gehen und die Toilette aufsuchen sollte. Den Gedanken verwarf ich aber rasch, denn sie war nicht sehr sauber, weshalb ich während des ganzen Abends ein Urinal benutzt hatte. Da sich ständig andere Männer auf der Örtlichkeit aufgehalten hatten, konnte ich mich nicht immer säubern, ohne ausgelacht zu werden. Wahrscheinlich hatte ich wieder den einen oder anderen Fleck im Slip, was Karin sicher sauer machen würde. Ich wollte es mit den Flecken nicht übertreiben und dachte daher, dass ich es bis zu ihrer Wohnung schaffen würde. Dort würde ich mich ordnungsgemäß hinsetzen und nach der Blasenentleerung mein Glied gründlich abwischen – die ganze Aktion wollte ich anschließend Karin gegenüber als ‚Goodwill-Aktion' verkaufen, um sie milder zu stimmen. Deshalb konnte ich auch nicht in meine Wohnung fahren, wo ich heimlich ein paar neue Unterhosen aufbewahrte – zudem hatte ich nur den Schlüssel von ihrer Wohnung eingesteckt, wie mir zwischendurch einfiel.

Kurz entschlossen rief ich mir daher ein Taxi. Es hieß, dass der Wagen in ein paar Minuten kommen würde. Natürlich war das nicht der Fall. Nach einer halben Stunde wäre ich beinahe doch noch in der Kneipe auf die Toilette gegangen, aber da fuhr mein bestelltes Taxi schließlich vor. Ich stieg rasch ein, bevor mir jemand anderes den Wagen wegnehmen konnte. Nach der Nennung der Zieladresse wollte ich den Fahrer bitten, an einem verschwiegenen Ort anzuhalten, damit ich meine schon recht volle Blase entleeren konnte. Zu meinem Entsetzen war der Fahrer jedoch eine Frau! Von der konnte ich so etwas unmöglich verlangen – nachher fasste sie das als sexuelle Belästigung auf und ich hätte einen Mordsärger gehabt. Also verkniff ich mir ‚das Müssen', so gut es ging. Zum Glück dauerte die Fahrt nicht lange. Ich drückte der Fahrerin einen Geldschein in die Hand und verzichtete auf die Herausgabe des Wechselgeldes. Das mehr als großzügige Trinkgeld war mir die Zeitersparnis wert, denn meine Blase drohte inzwischen zu platzen.

Während das Taxi abfuhr, hastete ich zur Haustür und kramte unterwegs den Schlüssel heraus. Leider lag die Tür im

Dunkeln, und so hatte ich mit meinem noch leicht benebelten Kopf Mühe, das Schlüsselloch zu finden. Ich war noch mit der Suche beschäftigt, als innen plötzlich das Licht anging und die Haustür abrupt aufgerissen wurde. Vor Schreck stand ich ganz starr – und vergaß für einen Moment das Zusammenkneifen der Beine. Während Karin mich von oben bis unten taxierte und ihr Blick immer wütender wurde, spürte ich mit Verzögerung, wie mir etwas Warmes die Beine herunter lief.

„Du Ferkel!", zischte Karin, „Du machst dir tatsächlich in die Hose?"

„Äh – ich, ich wollte ja schnell auf die Toilette, aber der Schlüssel..."

„So kommst du mir nicht ins Haus!"

„Aber..."

„Geh zur Waschküchentür. Sofort!"

Inzwischen hatte ich meine Blase wieder unter Kontrolle gebracht, aber eine nicht unerhebliche Menge war in die Hose gegangen. Das war keine gute Position, um mit Karin eine Diskussion anzufangen. Also trottete ich gehorsam ums Haus und wartete vor der Waschküche, bis meine Liebste auftauchte. Allerdings wirkte sie eher wie ein Racheengel.

Sie öffnete die Tür, hinderte mich aber am Eintritt: „Erst ausziehen! Untenrum ist alles versaut, aber bestimmt hat auch die Oberbekleidung etwas abbekommen."

Wortlos entledigte ich mich aller Sachen. Die Kleidung steckte Karin sofort in die Waschmaschine, die Schuhe wurden zum Trocknen und Auslüften nach draußen gestellt.

„Geh unter die Dusche, du Schwein!", zischte sie.

Mit eingezogenem Kopf begab ich mich eilig ins Badezimmer, wo ich gründlich duschte. Dreimal seifte ich meinen Unterleib und die Beine ein, um restlos alles von dem Malheur abzuwaschen.

Als ich aus dem Bad kam, stand Karin vor mir. Ich registrierte ihr dünnes spitzenverziertes Nachthemd, unter dem ihre Brustwarzen verführerisch schimmerten. Leider stand ihre liebliche Aufmachung im Gegensatz zu ihren harten Worten: „Ich will nicht neben einer Pottsau schlafen, also wirst du das Sofa nehmen! Wehe, wenn du da nachts draufmachst!!!"

Ihre Augen funkelten dabei wild vor Zorn und ihre Hände waren zu Fäusten geballt. Ich verzichtete daher auf jeglichen Kommentar und verzog mich eilig ins Wohnzimmer, wo schon eine Decke, ein Kopfkissen und ein frischer Slip auf mich warteten. Rasch legte ich mich hin und dachte an meine Bestrafung am kommenden Morgen – das würde bestimmt hart werden, sehr hart...

Die böse Vorahnung sowie ein wiederkehrender Harndrang, der mich wegen der vielen eingenommenen Getränke zweimal in der Nacht hochtrieb, ließen mich sehr unruhig schlafen.

Am nächsten Tag wurde ich abrupt wach, als mir jemand die Decke wegzog.

„Aufstehen und ins Bad, du Ferkel!", herrschte mich Karin an.

Mühsam erhob ich mich, denn die Nacht auf dem Sofa hatte meinem Rücken gar nicht gut getan. Dennoch beeilte ich mich, ihrer Aufforderung nachzukommen.

Als ich mit Duschen und Rasieren fertig war, machte ich mich wie üblich nackt auf den Weg vom Bad ins Schlafzimmer, wo ich in einem Teil des Kleiderschranks eine Ecke für meine Sache bekommen hatte. Allerdings erreichte ich mein Ziel nicht, denn Karin zitierte mich zu sich ins Wohnzimmer. Ein flüchtiger Blick auf die Uhr bewies, dass sie schon gefrühstückt haben musste, während ich das Frühstück verschlafen hatte.

Bei ihrem Anblick reagierte mein Körper trotz eines leichten Katers sofort: Die durchsichtige weiße Bluse, unter der sie deutlich sichtbar einen schwarzen BH trug, passte einfach zu gut zu dem kurzen Rock aus schwarzem Leder. Mein Penis reagierte sofort, und da ich ja nackt war, konnte ich die Reaktion nicht verheimlichen. Einem ersten Impuls folgend wollte ich meine Hände vor das Glied halten, aber es war klar, dass sie die Erektion schon gesehen hatte und diese unter Garantie mit ihrer Aufmachung hatte erreichen wollen. Für einen Moment kam vage Hoffnung auf eine leichte Strafe und herrlichen Versöhnungssex auf.

„So, du bist also geil, ja?", erklang ihre vor Sarkasmus triefende Stimme, die alle Hoffnung auf ein mildes Urteil zunichte machte, „Was erregt dich denn mehr, das Einpissen in die Hose vor meinen Augen oder die fleckige Unterhose vom Donnerstag?"

Ich rang nach einer Antwort, wurde aber noch während des Nachdenkens von Karin darin unterbrochen: „Du wolltest mich provozieren, nicht wahr? Mir eine Rolle als Putzfrau zuweisen, ja? Mich erniedrigen, indem ich deine verdreckten Sachen wasche, he?"

Ich schüttelte vehement mit dem Kopf und wollte etwas erwidern, aber beim Ansetzen einer Antwort fuhr sie mir schon in die Parade: "Du hältst den Mund, du Sau! Ein Dreckschwein wie du hat zu schweigen! Dein Verhalten ist unentschuldbar! Aber diese Schweinereien werde ich dir jetzt austreiben, ein für allemal! Wenn ich mit dir fertig bin, wirst du lieber Windeln tragen als noch einen Fleck in deinen Unterhosen zu riskieren! Dreh dich um und bück dich, du Schwein!"

Während dieser Worte hatte sie vom Tisch ein Holzpaddle aufgenommen. Meistens setzte sie ein Lederpaddle ein, das Teil aus Holz kam nur bei schweren Vergehen zur Anwendung. In ihren Augen musste mein Malheur also ein solches besonders streng zu ahndendes Vergehen sein. Immerhin wollte sie mich bestrafen, denn insgeheim hatte ich schon befürchtet, dass sie unsere Beziehung beenden und mich schlicht und einfach rauswerfen würde. Dass sie die Sache mit einem Strafspanking regeln wollte, ließ Hoffnung auf die Fortsetzung unserer Beziehung aufkommen. Allerdings konnte ich nicht ausschließen, dass sie sich damit nur abreagieren und mich anschließend vor die Tür setzen wollte, aber das Risiko musste ich eingehen.

Mit Beklemmung im Herzen und sehr weichen Knien kam ich ihrer Aufforderung ohne jegliche Widerworte nach. Die wären angesichts der klaren Beweislage ohnehin vergeblich gewesen und hätten sich zudem mit Sicherheit strafverschärfend ausgewirkt. Ich wollte auf gar keinen Fall Öl ins Feuer gießen und Karins Zorn dadurch weiter anstacheln.

Nun stand ich also in gebückter Haltung splitternackt vor ihr. Meine Hände umklammerten die Knöchel, und in Erwartung von besonders harten Hieben griff ich ängstlich so fest zu, dass die Handgelenke schon weiß waren.

Karin verschwendete keine Zeit. Kaum hatte ich die Strafposition eingenommen, traf mich auch schon der erste Hieb. Zuerst raubte mir die Wucht den Atem, dann schrie ich auf und erhob mich gleichzeitig aus der Strafposition, während beide Hände nach hinten zum Gesäß schossen. Heftig reibend und wild keuchend versuchte ich die Schmerzen zu lindern.

Meine Freundin sah ungerührt zu. Ohne ein Wort zu sagen, pochte sie zweimal auf die Rückenlehne des Sessels.

„Halt dich daran fest. Aber mach hinne, ich will weitermachen und dir deinen Hintern grün und blau prügeln!"

Es kostete ziemlich viel Beherrschung, mich trotz der eindeutigen Ankündigung wie gefordert hinzustellen. Mein Atem ging vor Aufregung schneller, aber dennoch kam ich der Aufforderung nach. Obwohl mir klar war, dass es nun richtig losgehen würde, dachte ich nicht ans Aufgeben. Ich redete mir ein, dass es sicher nicht so schlimm werden würde und es in einer Viertelstunde überstanden sei. Das war sicher eine sehr optimistische Einschätzung, aber ich gestand mir auch ein, dass ich die Senge verdient hatte.

Tatsächlich ‚ging nun die Post ab‘: Karin stellte sich so hinter mir auf, dass mit einem kleinen Schritt die Vorwärts- und Rückwärtsbewegung ihrer Schlaghand kurz hintereinander ausführen konnte. Hatte ich bei früheren Gelegenheiten die Hiebe immer einzeln erhalten, so folgten jetzt immer zwei Schläge kurz hintereinander. Eine völlig neue Erfahrung! Wie sich das auf meinem Hinterteil angefühlt hat, kann wohl nur erahnen, wer so etwas schon selber erlebt hat. Zudem machte sie nach jeweils zwei Hieben eine Pause. Das mag auf den ersten Blick nach einem Gnadenakt aussehen, aber tatsächlich war es eine genau kalkulierte doppelte Strafverschärfung: Zum einen musste ich den Schmerz der empfangenen Hiebe vollständig auskosten, bevor es das nächste Doppelpack setzte. Zum anderen konnte sie ihren Arm während der Ruhezeit etwas erholen, so dass mir alle Hiebe mit der gleichen Intensität aufgezählt wurden und die letzten Schläge nicht wegen einer etwaigen Ermüdung ihres Schlagarms milder als die ersten ausfielen.

Doppelpack auf Doppelpack knallte so auf meine Kehrseite. Eine Feuerwalze nach der anderen durchlief meinen Körper und brachte mich an den Rand meines Durchhaltevermögens. Ich hatte weder eine Ahnung, wie viele Hiebe ich insgesamt beziehen würde, noch war ich in der Lage, die bereits empfangenen Schläge zu zählen. Der Schmerz steckte meinen ganzen Körper in Brand und machte jeden klaren Gedanken unmöglich. Immer wieder ruckte mein Körper hoch, ständig zuckten meine Hände nach hinten und wollten sich schützend über den Po legen, die Beine tanzten wie wild Boogie, während ich das Hinterteil hin- und herschleuderte.

Doppelhieb auf Doppelhieb knallte auf mein Gesäß und mit zunehmendem Strafvollzug wedelte es immer schneller, während meine Schmerzenslaute immer weiter anschwollen. Karin hatte Rockmusik eingeschaltet, und da das Wohnzimmer zum Garten hin lag, konnten die Nachbarn hoffentlich nichts hören. Falls doch, würde wohl in Kürze die Polizei vor der Tür stehen und nach dem Rechten sehen.

Meine Züchtigung dauerte noch einige Zeit an. Irgendwann folgten aber keine neuen Hiebe mehr, dafür vernahm ich Karins Stimme an meinem Ohr: „Das waren jetzt genug Doppelhiebe, die du Sau kassiert hast. Du wirst dich jetzt in die dir gut bekannte Ecke stellen und die Hände hinter dem Kopf verschränken. Wenn du es wagen solltest, deinen Hintern oder deinen Schwanz zu berühren, setzt es auf jede Hand zwanzig Zusatzhiebe mit dem Holzlineal. Hast du Ferkel das verstanden?"

„Ja – ja, alles klar", keuchte ich. Dann fiel mir zum Glück noch rechtzeitig ein, was ich in einer solchen Situation noch zu sagen hatte: „Ja, ich habe verstanden, Herrin!"

Karin schien mit meiner Antwort zufrieden zu sein. Mit recht wackeligen Knien wankte ich in die bezeichnete Ecke und stellte mich stöhnend hinein. Wie lange ich dort zubringen musste, weiß ich nicht. Nur langsam beruhigte sich während des Eckestehens mein Körper und der Schmerz im Hinterteil ließ etwas nach. Dafür spürte ich die ganze Zeit über die gewaltige Hitze, die der Po verströmte.

Irgendwann hatte ich diesen Teil meiner Strafe verbüßt. „Dreh dich um und sieh her!", kommandierte Karin nämlich.

Gehorsam drehte ich mich zu ihr um, ließ aber die Hände hinter dem Kopf. Ich musste schlucken, und nun wurde es mir auch an meinen Genitalien extrem heiß. Karin lag mit einem süßen Nichts von Spitzenslip auf dem Sofa, die Beine weit gespreizt. Ihre Finger steckten im Höschen und anhand der Bewegungen war unschwer zu erkennen, dass sie an sich herumspielte.

„Da dein Schwanz nach nasser Hose riecht, darfst du die nächsten Tage nicht an mich ran. Ich werde mich also selber befriedigen und du darfst zuschauen, damit du siehst, was dir entgeht", klärte sie mich auf.

In den nächsten Minuten massierte sie mit einer Hand aufreizend lasziv ihre Brüste und zog genüsslich an den Nippeln. Ihre zweite Hand bewegte sich in ihrem Höschen immer hektischer. Schließlich bog sich ihr Körper wie eine Bogensehne, bis sie mit einem kleinen spitzen Schrei zusammensackte. Ganz klar, sie hatte sich gerade einen Orgasmus gefingert!

Ich schluckte heftig, denn mein Penis stand wie eine Eins und pochte glühendheiß. Ich hätte mich zu gerne auf Karin gelegt und es ihr besorgt, zumindest aber onaniert – beides traute ich mich jedoch nicht aus Angst vor einer strengen Zu-satzstrafe.

Es dauerte ein paar Augenblicke, bis Karin wieder klar schauen konnte. Grinsend sah sie zu mir herüber und war offensichtlich zufrieden – meine Erektion entsprach wohl ihren Erwartungen. Dennoch machte sie weiter und masturbierte sich zu zwei weiteren Höhepunkten. Nach jedem Orgasmus wischte sie betont intensiv ihr Geschlecht mit der Innenseite ihres Höschens ab.

Nach dem dritten Orgasmus erhob sie sich vom Sofa und kam zu mir herüber.

„Bitte, Herrin", flehte ich sie an, „bitte, bitte lass es mich dir besorgen!"

„Nein!"

Eine klare Antwort, die nichts an Deutlichkeit vermissen ließ.

„Bitte", versuchte ich es weiter, „mein Schwanz verbrennt gerade! Wenn ich dich nicht bumsen darf, lass mich doch bit-te, bitte wichsen!"

„Oh nein, du wirst keine solche Ferkelei begehen!"

„Aber…"

Blitzschnell packte sie mich an den Hoden und während sie kräftig drückte, zischte sie mir gefährlich leise zu: „Halt dein verdammtes Maul!"

Sofort verstummte ich. Der Griff an meinen Juwelenbeuten war sehr unangenehm, aber andererseits auch wieder erre-gend. Leider hatte Karin penibel darauf geachtet, meinen Schaft nicht zu berühren, denn das hätte einen Samenerguss auslösen können, den sie mir zu diesem Zeitpunkt nicht gönnte.

„Hände auf den Rücken!", kommandierte sie stattdessen.

Sofort gehorchte ich.

„Du Schwein wischt dir dein Ding nicht gründlich ab und beschmutzt deine Unterhosen. Außerdem pinkelst du wie ein kleines Kind in die Hose und ich muss deine vollgepisste Unterhose anfassen. Jetzt darfst du mal spüren, wie ‚schön' so etwas sein kann!"

Bei diesen Worten stülpte sie mir blitzschnell ihr vom Mösensaft klatschnasses Höschen über den Kopf, so dass die Innenseite meine Haare benetzte. Ich konnte dabei deutlich den Duft ihrer Muschi riechen.

„Diese Schlüpfermütze wirst du heute den ganzen Tag tragen. Vielleicht lasse ich mir dafür auch noch etwas anderen einfallen. Jetzt ist es aber erstmal an der Zeit, dass du den Rohstock zu spüren bekommst." Bevor ich etwas sagen konnte, schnitt sie mir mit einer Handbewegung das Wort ab: „Du hältst das Maul und gehorchst einfach! ‚Also los, beweg deinen Arsch und bück dich über den Sessel!"

Der Slip über meinem Kopf behinderte zwar etwas den Blick, aber ich beeilte mich, die vorgeschriebene Position rasch einzunehmen. Ich spürte, dass Karin noch immer sauer war und wollte sie nicht zusätzlich erzürnen. Das Bücken über den Sessel war jedoch nicht ganz so einfach, weil ich ja immer noch einen Ständer hatte. Allerdings hatte ihn die Ankündigung von Stockhieben etwas in sich zusammensacken lassen.

Nachdem ich halbwegs ruhig über dem Sessel hing und mein Atem schnell, aber nicht zu aufgeregt ging, hörte ich das bestens bekannte Pfeifen des Stocks. Gleich darauf explodierte etwas auf meinem ohnehin schon malträtierten Gesäß und ließ mich den Schmerz auf Grund der Vorbehandlung mit dem Holzpaddle ungleich intensiver erfahren.

„Bitte nicht, ich kann nicht mehr!", jaulte ich schon nach dem ersten Hieb.

Statt einer Antwort traf mich erneut der Stock. Ich fuhr hoch, meine Hände rieben wie verrückt die Pobacken und ich hopste vor dem Sessel auf und ab. Der Slip auf meinem Kopf rutschte dabei hin und her.

„Bücken!", kommandierte Karin mit ungerührter Stimme, „Und wehe, mein schickes Höschen fällt auf den Fußboden! Dann strieme ich dir auch noch die Schenkel durch!"

Ihr Tonfall machte klar, dass es ihr Ernst war. Trotzdem war es nicht so einfach, mich zu beruhigen und wieder zu bücken, um die Straffläche für den nächsten Hieb hinzuhalten. Schließlich gelang es mir aber doch und ich lag nur noch leicht hin und her rutschend über der Lehne. Allerdings nur bis zum Auftreffen des nächsten Hiebes, dann begann das Spiel von vorne.

Nachdem ich etliche Stockschläge auf den Po bezogen hatte, platzierte Karin die nächsten Hiebe genau in den Übergang vom Gesäß zu den Schenkeln. Ich war verrückt vor Schmerz! Zwar hatte sie mich bei früheren Gelegenheiten auch schon dorthin geschlagen, aber nicht mit der nun vorgenommenen

Härte. Die wa⁻ an diesem Tag geradezu furchtbar! Irgendwann lag ich daher sogar vor ihr auf den Knien und bettelte um Gnade, jedoch vergebens.

„Über die Lehne beugen, du Jammerlappen! Es ist gleich vorbei, also hör auf zu winseln!"

Irgendwie schaffte ich es, mich am Sessel hochzuziehen und zu bücken. Ob es geplant war oder sie tatsächlich ein Einsehen mit mir hatte, wusste ich nicht, aber die nächsten Hiebe bekam ich jedenfalls wieder auf den Po. Das war etwas leichter zu ertragen als die Schläge vorher, aber eben auch nur etwas leichter.

Nach einem weiteren halben Dutzend von harten Hieben war meine körperliche Züchtigung überstanden. Ich durfte den Stock und die Hände meiner Herrin küssen und mich für die erzieherische Maßnahme bedanken. Allerdings war es mehr ein gestammeltes Durcheinander als ein richtiges Danke-schön, aber Karin erkannte es an. Nur das zählte!

Wie schon zuvor musste ich wieder in die Ecke, durfte aber diesmal knien und mein Gesäß auf die Hacken setzen. Das tat natürlich weh, aber Stehen hätte ich nicht mehr gekonnt – meine Beine schienen nur noch aus Wackelpudding zu bestehen.

Endlich, nach einer gefühlten Ewigkeit, durfte ich wieder aus der Ecke kommen. Damit war meine Bestrafung aber noch nicht zu Ende: Karin hatte eine von meinen Unterhosen in eine Plastikschale getan und während ich die Schale halten musste, urinierte sie vor meinen Augen hinein und auf die Unterhose.. Danach musste ich die Schlüpfermütze mit ihrem Mösen-saft abnehmen und durch meine mit ihrem Urin durch und durch getränkte Unterhose ersetzen. Als ich sie auf dem Kopf hatte, lachte Karin: „Jetzt erlebst du mal, wie es ist, eine solche Sauerei zu fühlen!"

Nackt, hart gezüchtigt und mit klatschnasser Unterhose auf dem Kopf musste ich mich nun auf den Fußboden setzen und in einen Block einhundert Mal den Satz ‚Ich darf mir nicht in die Hose machen' schreiben. Die eigentlich verlangte Schön-schrift war mir angesichts der Rahmenbedingungen nicht möglich, denn ich konnte absolut nicht stillsitzen. Zudem rutschte mir die auf dem Kopf sitzende Unterhose ständig ins Gesicht und nahm mir die Sicht. Immerhin sah Karin großzü-gig über meine krakelige Schrift hinweg. Allerdings musste ich noch am gleichen Tag im Internet Windeln für mich bestellen. „Wer zu dumm zum Abwischen seines Schwanzes ist und sich zudem wie ein kleines Kind in die Hose macht, muss eben eine Windel tragen." In meinem Fall musste ich sie nach dem Eintreffen der Lieferung einen ganzen Monat tragen. In dieser Zeit musste ich auch sexuell enthaltsam leben, denn ‚Windel-kinder bumsen nicht', wie mir Karin verächtlich sagte. Sie sel-ber pflegte während dieser Zeit beinahe täglich vor meinen Augen zu masturbieren, was meine befohlene Enthaltsamkeit zu einer Qual werden ließ. Um sich besser darüber amüsieren zu können, musste ich ihrem Treiben splitternackt zusehen. Karin amüsierte sich köstlich über mein unweigerliches Betteln nach Sex, dem Winden meines aufgegeilten Körpers und dem heftigen Wedeln mit dem steifen Glied, wenn sie kurz vor dem Höhepunkt war – das Wedeln war der verzweifelte und zugleich vergebliche Versuch, die Hitze meines Geschlechts herunterzukühlen.

Selbstredend musste ich in dem Monat des Windeltragens auch die gesamte Wäsche waschen – und Karin gab sich große Mühe, mir absichtlich besonders schmutzige Schlüpfer zu bescheren. Mehr als einmal ekelte mich vor der Wäsche, aber ich wagte nicht, mich zu beklagen. Das hätte mir die Arbeit nicht erspart, sondern mir lediglich eine neue, heftige Züchtigung beschert. Das wollte ich auf jeden Fall vermeiden und durch Wohlverhalten glänzen. Immerhin hatte mein Malheur nicht zum abrupten Ende unserer Beziehung geführt – ein kleiner Trost für mich in den Tagen nach der Züchtigung, wenn ich wieder Sitzprobleme hatte.

Bestrafung eines Faulpelzes

Spanking ist eine wunderbare Sache! Man kann es als eroti-sches Mittel zur Luststeigerung einsetzen, aber auch ganz pragmatisch als Strafe zur Leistungssteigerung. Manche Men-schen scheinen es als Motivationshilfe geradezu zu brauchen. Einer davon bin ich. Eigentlich halte ich mich schon für streb-sam, aber es gibt immer wieder Zeiten, wo meine Motivation ziemlich niedrig ist. Passiert das in einer Phase erhöhten Ar-beitsanfalls, führt das schnell zu erheblichen Arbeitsrückstän-den und damit zu Ärger mit dem Chef. Beides, sowohl der Bearbeitungsrückstand als auch der Ärger, sind sehr belas-tend. Da ist es gut zu wissen, dass jemand regelmäßig eine Bewertung meiner Arbeitsleistung vornimmt und mich gege-benenfalls mit erzieherischen Maßnahmen auf den richtigen Weg zurückführt. Das ist für mich zwar schmerzhaft, aber hilfreich.

Leider ist es nicht so einfach, jemanden für eine solche Auf-gabe zu finden. Glücklicherweise habe ich seit einiger Zeit eine Dame in meiner Nähe gefunden, die sich sehr gerne der Aufgabe stellt, mich mittels angemessener Strafinstrumente wieder auf den Weg des Fleißes zurückzuführen. Da sie ne-ben einer Tracht Prügel auch Zusatzstrafen wie Eckestehen, Strafsport und vieles mehr verhängt, schwingt bei jeder Vor-sprache und Bewertung auch ein Hauch Erotik mit. Leider sind Frauen, die sich zum Spanking bekennen und zudem die aktive Rolle übernehmen wollen, nur schwer zu finden, so dass Ines für mich ein Glücksfall ist.

Auch heute war wieder einmal Freitag, der Tag meiner Bewertung, gekommen. Bereits am Vortag hatte ich meine Arbeitsleistung anhand der Zielliste wahrheitsgemäß notiert und an Ines geschickt. Nach einer Weile guter Leistungen war in der letzten Woche der Schlendrian eingekehrt und die Gesamtleistung erbärmlich. Natürlich wäre es ein leichtes gewesen, bei den Angaben zu schummeln und das Ergebnis einfach zu meinen Gunsten zu verändern, aber das Wissen, dass mir eine strenge Bestrafung gut tun würde, hatte mich davon abgehalten. Einmal mehr siegte die Ehrlichkeit. Es war allerdings klar, dass es angesichts des Ergebnisses diesmal eine sehr strenge Bestrafung geben würde.

Mit diesem Wissen näherte ich mich langsam und mit einem sehr flauen Gefühl im Magen dem Haus von Ines. Leicht schaudernd dachte ich an den Rohrstock, der heute sicher einen sehr intensiven Tanz auf meiner Kehrseite aufführen würde. Trotzdem, in zwei oder drei Stunden hätte ich es überstanden und würde das Gefühl der Befriedigung, für meine Faulheit gesühnt zu haben, genießen – und die Hitze auf dem Gesäß sowie den Anblick der Striemen vor dem heimischen Spiegel, denn so furchtbar ich die Züchtigung an sich auch finde, so sehr genieße ich die Zeit danach, wenn alles überstanden ist.

Vor der Haustür angekommen atmete ich noch einmal kräftig durch, dann drückte ich den Klingelknopf. Es dauerte einen

Moment, aber dann stand Ines vor mir: Das lange schwarze Haar umrahmte ihr Gesicht, das wie das Abbild einer Rachegöttin früherer Zeiten funkelte. Die schwarze Bluse war fast durchsichtig und ließ einen BH erahnen, der ihre Brüste leicht nach oben wölbte, so dass sich ein herrliches Dekolletee bildete. Der Lederrock war so kurz, dass beim geringsten Vorbeugen sicher das Höschen zu sehen gewesen wäre, wenn sie denn unter der mit Punkten gemusterten schwarzen Strumpfhose eines tragen würde. Obwohl sie normalerweise einen Kopf kleiner als ich war, befand sie sich dank der hochhackigen Schuhe auf Augenhöhe mit mir. Das nutzte sie gleich aus, um mir fest und finster zugleich in die Augen zu schauen. Der eiskalte Blick erschreckte mich, und ich begann zu ahnen, dass sie heute schlechte Laune hatte. Das konnte nicht nur an meiner schlechten Arbeitsleistung liegen, vielmehr musste sie noch über irgendetwas anderes verärgert sein. Was auch immer das war, ich würde für alle Gründe leiden müssen. Das flaue Gefühl in der Magengegend hatte einen ungeahnten Höhepunkt erreicht, und ein dicker Kloß versperrte meine Kehle. Mit Mühe konnte ich ein „Hallo, guten Tag, Madame" hervorbringen, aber es war mehr gekrächzt als gesprochen.

Ines nickte nur hoheitsvoll und mit einer knappen Kopfbewegung hieß sie mich einzutreten. Wieder ein schlechtes Zeichen, denn normalerweise erwiderte sie meinen Gruß und fügte noch ein oder zwei belanglose Sätze hinzu.

Als ich mich auf den Weg ins Wohnzimmer, dem üblichen Ort meiner Bestrafung, machen wollte, ertönte ein scharfes „Stopp!" hinter mir. Erschrocken drehte ich mich um und mir schauderte angesichts des eiskalten Blickes, der mich nun aus den sonst lustig funkelnden grünen Augen traf.

„Ab in den Keller", zischte Ines, und ihr jetzt leiser Tonfall ließ keinen Widerspruch geraten erscheinen.

Wie in Trance wandte ich meine Schritte nun in Richtung Kellertür. Ich wusste, dass Ines als Domina arbeitete und dort unten für ihre Kunden neben einer Folterkammer, einer Mischung aus Arztpraxis und Krankenhaus auch ein Verließ bereithielt. Sie hatte mir die Räumlichkeiten ganz am Anfang unserer Beziehung gezeigt und gemeint, dass ich in besonders schweren Fällen hier unten ‚behandelt' werden würde. Das war noch nie der Fall gewesen, aber heute würde wohl ganz offensichtlich Premiere sein.

Ines führte mich in einen kleinen Verschlag, in dem lediglich ein Stuhl stand.

„Zieh dich aus und leg deine Klamotten ORDENTLICH auf dem Stuhl ab." Die Betonung des Wortes ‚ordentlich' verhieß eine Kontrolle und im Falle von Unordnung eine Zusatzstrafe. Bevor ich aber weiter darüber nachdenken konnte, fuhr sie schon fort: „In fünf Minuten erwarte ich dein Klopfen an der Tür dort drüben", dabei zeigte sie auf eine Tür, von der ich nicht wusste, was sich dahinter verbarg. Offensichtlich hatte sie mir damals nicht alle Räumlichkeiten gezeigt, aber ich spürte trotz der Ungewissheit eine große Erleichterung, dass es nicht die Tür zur Folterkammer war.

Rasch entledigte ich mich meiner Sachen und hängte Hose und Polohemd über die Stuhllehne, während ich Unterhemd, Slip und Socken auf der Sitzfläche deponierte. Die Schuhe stellte ich, selbstverständlich mit den Schnürsenkeln in den Schuhen, unter den Stuhl. Ein letzter Blick überzeugte mich, dass alles so abgelegt war, wie es mir Ines seinerzeit gezeigt hatte. Es sah alles richtig ordentlich aus, so dass ich mir keine Gedanken über eine Zusatzstrafe machte. Angesichts ihrer schlechten Laune wollte ich sie nicht auch noch zusätzlich verärgern.

Ein rascher Blick auf die Uhr zeigte mir, dass es Zeit zum Strafgang war. Schnell verstaute ich die Uhr in der Hosentasche und stand schließlich vollkommen unbekleidet vor der zugewiesenen Tür. Nachdem ich dreimal geklopft hatte, verschränkte ich die Hände hinter dem Kopf und begann zu warten. Aus Erfahrung wusste ich, dass Ines diese Haltung von mir erwartete und es zugleich ihre Art war, mich nicht sofort in den Strafraum hereinzuholen. Wie lange ich warten musste, hing ganz alleine von ihr ab und ließ sich nie vorhersagen. Zudem verlor ich ohne Uhr schnell das Zeitgefühl, so dass mir die Wartezeit immer sehr lang vorkam, manchmal sogar wie eine Ewigkeit.

Heute war es aber anders. Zu meiner Überraschung wurde die Tür so schnell aufgerissen, dass ich kaum meine Strafposition einnehmen konnte. Das konnte nur bedeuten, dass sie so sauer war, dass sie sich so schnell wie möglich an mir abreagieren wolte. Mir schwante immer Schlimmeres, und am liebsten hätte ich auf dem Absatz kehrtgemacht. Dann wäre allerdings meine besondere Beziehung zu Ines stark gefährdet gewesen, denn eine Frau, die als aktiver Part ein echtes Strafspanking betreibt, ist nur sehr, sehr schwer zu finden. Obwohl sich das mulmige Gefühl im Magen und der Kloß im Hals zu purer Angst gesteigert hatten, betrat ich den Strafraum. Bisher war Ines sehr verantwortlich mit ihrer Macht umgegangen, und ich vertraute ihr auch heute – obwohl es mir zugegebenermaßen nicht ganz leicht fiel, denn tief in mir nagte eine bislang unbekannte Angst.

Kaum hatte ich den Raum betreten, flog mein Blick schnell hin und her und registrierte in der dunklen und düster wirkenden Kammer einen Strafbock, eine Liege und diverse Ketten und eiserne Ringe an den Wänden und an der Decke. Als die Tür hinter mir mit einem leisen Geräusch ins Schloss fiel, drehte ich mich um und bemerkte in einem Schrank mit Glastüren allerlei Peitschen und Rohrstöcke.

‚Ein Spankingraum', durchfuhr es meinen Kopf, ‚keine Folterkammer, nur ein Bestrafungsraum.' Warum mich Ines nicht wie sonst im Wohnzimmer über die Rückenlehne eines Sessels oder die Sofalehne legte und versohlte, war mir nicht ganz klar, aber ich vermutete, dass sie mich mit der düsteren Atmosphäre erschrecken wollte. ‚Wahrscheinlich', dachte ich, ‚ist das eine Art letzte Warnung, ein Vorgeschmack darauf, dass sie mich bei einer erneuten schlechten Arbeitsleistung in die Folterkammer bringen würde. Oder es ist ihrer schlechten Laune geschuldet.'

Weiter kam ich nicht, denn inzwischen hatte sich Ines vor mir aufgebaut und herrschte mich jetzt an: „Auf die Knie, du faules Schwein!"

Von der Härte ihres Tonfalls und der Ausdrucksweise gleichermaßen erschrocken gehorchte ich, und ihr kalter Blick machte mir jetzt noch mehr Angst. Soviel Angst, das es schon leichte Panik war – und da Menschen auf Panik mit Fluchtgedanken reagieren, laufen die seit Jahrtausenden in unseren Genen verankerten Automatismen unserer Vorfahren aus der Steinzeit in uns ab: Das bedeutet, dass sich Blase und Darm entleeren, damit der Körper auf der Flucht weniger Gewicht tragen muss. Obwohl ich Ines schon längere Zeit kannte und von ihr schon oft gezüchtigt worden war, bereitete mir ihr heutiges Auftreten große Angst und setzte bei mir die Automatismen in Gang. Zum Glück entfuhr mir nur kleiner Strahl Urin, der auf den Fußboden plätscherte. Erschrocken und mit vor Scham hochrotem Kopf schaute ich Ines an und bemerkte, wie sie missbilligend eine Augenbraue hochzog. Mehr Reaktion zeigte sie nicht auf mein Missgeschick, aber das genügte, meine Angst zu steigern – was einen erneuten Strahl zur Folge hatte.

„Auflecken!"

Mehr sagte sie nicht, und sofort ging ich auf die Knie, beugte den Oberkörper so weit nach vorne, dass meine Zunge den Boden berühren konnte und begann, die Pfütze aufzulecken.

Zum Glück hatte Ines vor einiger Zeit das Leeren einer mit Urin gefüllten Tasse als Zusatzstrafe verhängt, so dass mir der Geschmack nicht unbekannt war. Ich bemühte mich, alles so gut wie möglich aufzunehmen, aber schon bald wusste ich nicht mehr, was noch Urin und was schon Speichel vom Lecken war.

„Das reicht!"

Der gebellte Befehl beendete meine Säuberungsaktion, und da mir ja vor dem Malheur ohnehin das Hinknien befohlen war, blieb ich jetzt auf den Knien und verschränkte wieder die Hände hinter dem Kopf.

Ines umrundete mich tonlos wie ein Tiger seine Beute, und sobald sie in meinem Rücken war, stellten sich meine Nackenhaare auf. Das war ein völlig neues Gefühl, unbekannt, auf gewisse Weise erregend – und Angst einflössend. Was, wenn sie bislang eine Maske getragen hatte und heute ihr wahres Gesicht zeigen würde? Womöglich das Gesicht einer wilden Bestie? Ausharren oder doch Aufspringen und fliehen, das war nun die Frage. Aber wie weit würde ich kommen? Bestimmt hatte sie die Türen verschlossen. Dazu kam, dass ich nackt war und in diesem Zustand nicht einfach die Straße entlanglaufen konnte.

Endlich konnte ich die düsteren Gedanken verdrängen und mich wieder auf Ines konzentrieren. Sie stand vor mir und hielt ein Paddle in der Hand, dass sie beinahe liebevoll streichelte. Ich wusste nicht, wie lange sie schon vor mir stand, aber der

Anblick des Paddle wirkte auf mich so beruhigend, dass mir ein kleiner Seufzer der Erleichterung entfuhr.

„Freu dich nicht zu früh", lächelte Ines mich an, aber es war ein kaltes Lächeln, das die Augen nicht erreichte. Sofort griff wieder die Angst nach mir.

„Ich habe deine Arbeitsleistung gesehen. Was sagst du zu deinem eigenen Ergebnis?"

„Ich...war faul, Madame, und habe...habe nicht mal die Hälfte von der...ausgemachten Arbeit erledigt", krächzte ich wegen des Kloßes im Hals, bevor ich ihr in die kalten Augen sah und ein aus tiefstem Herzen kommendes „Es tut mir leid, Madame, schrecklich leid!" hinzufügte.

„Oh ja, das wird es auch", war die ungerührte Antwort, „Glaub ja nicht, dass du für diese erbärmliche Leistung mit ein paar Stockschlägen davonkommen wirst. Bei so viel Faulheit hilft nur eine extrem harte Bestrafung, und genau die wirst du bekommen. Nein, du wirst keine bleibenden Schäden davontragen, aber es wird trotzdem die Hölle für dich sein. Bist du gewillt, die Hölle zu durchleben oder bist du ein Schlappschwanz, der nicht zu seinem Versagen steht?"

In meinem Kopf überschlugen sich die Gedanken, und die Logik schrie ‚Flieh, flieh!', aber da waren auch die Gedanken, die fragten, was denn schon groß passieren könnte: Klar, mein Gesäß würde ordentlich verstriemt werden, wahrscheinlich auch die Schenkel, schlimmstenfalls noch Schläge auf die Hände und Peitschenhiebe auf den Rücken, aber das war doch schon alles an Züchtigungen, oder? Nach einer wirklich strengen Züchtigung hatte ich noch nie in der Ecke stehen oder Strafsport wie Rumpfbeugen, Kniebeugen und ähnliche Übungen machen müssen, und heute würde ich nach den mir zugedachten Hieben dazu sicher auch nicht in der Lage sein, oder? Immerhin war Ines meine Zuchtmeisterin und wusste genau, was ich vertragen konnte und wo meine Grenzen lagen.

„Was ist, bist du jetzt auch noch so arrogant geworden, dass du nicht mehr mit mir sprichst?", zischte es plötzlich in meinem Ohr.

Erschrocken zuckte ich zusammen. Dann fällte ich gegen alle Vernunft eine Entscheidung und im vergeblichen Versuch, mit fester Stimme zu sprechen, erwiderte ich mit vor Angst triefender Flüsterstimme: „Ich gestehe, überaus faul gewesen zu sein, Madame. Ich habe dafür eine sehr strenge Strafe verdient, und…und bitte um meine…gerechte…Strafe." Fast wäre meine Stimme am Ende gebrochen, denn der Mut wollte mich schon wieder verlassen.

Aus den Augenwinkeln sah ich, dass Ines meine Bitte mit bewegungslosem Gesicht zur Kenntnis nahm. Dann senkte ich den Blick und wartete.

Ein paar Augenblicke geschah nichts, aber dann erklang ihre immer noch kalte Stimme: „Du weißt, dass du eine Strafandrohung mit realer Umsetzung brauchst, um gute Arbeit zu verrichten. Die meisten wollen Hiebe, weil sie danach guten Sex haben, aber du brauchst die Strafe um der Strafe willen – und um guten Sex zu haben. Eine interessante Kombination, die dir immer die Möglichkeit gibt, insgeheim zu steuern, denn deine Arbeitsleistung entscheidet über die Strenge der Bestrafung, und wenn du versohlt zu Hause ankommt, wirst du dir bestimmt einen runterholen, nicht wahr?"

Ich schwieg, denn so deutlich hatte ich mir das noch nicht vor Augen geführt, aber es war etwas dran.

„Bist du taub oder stumm?", wurde ich angeschnauzt.

„Ich…ja, ich brauche die Strafe…für gute Arbeit…und…und tollen Sex."

„Wichst du bei Spankingbildern? Holst du dir nach deiner Bestrafung einen runter?"

Ich schluckte, dachte kurz nach und gestand dann flüsternd: „Ja…ja, das mache ich."

„Bist du jetzt auch schon zu faul, um in ganzen Sätzen zu sprechen?"

„Ja…äh, nein, nein, ich kann…kann in ganzen Sätzen…sprechen."

„Dann tu es auch", kam es genervt zurück.

„Ja, ich…ich…ona – äh…wichse…beim Anblick von Spankingbildern oder dem Lesen von solchen Geschichten. Und: Ja, ich… hm… wichse, wenn ich versohlt zu Hause bin."

„Du bist ein Schwein, ein widerliches, egoistisches Schwein, das seinen Geilsaft allein zu Hause verspritzt, ohne auch nur einen Gedanken daran zu verschwenden, dass du damit anderen eine Freude machen könntest. WI-DER-LICH, dieser Egoismus, einfach widerlich!" Die anfangs kalte und beherrschte Stimme von Ines wurde immer lauter, sie redete sich mehr und mehr in Rage: „Und dazu deine stinkende Faulheit, diese verfluchte Lust am Gammeln! Wahrscheinlich macht es dir Spaß, von deinem Chef den Monatslohn zu kassieren, ohne auch nur eine annähernd akzeptable Arbeitsleistung erbracht zu haben. Du scheinst deine Faulheit zu genießen, wahrscheinlich lachst du dich sogar über deinen Chef kaputt, wenn du von mir Absolution durch einen Arschvoll bekommen hast und wichsend zu Hause liegst!" Drohend sah sie mich an: „Aber das werde ich dir austreiben! Ich werde aus dir faulem Schwein einen sehr engagierten Mitarbeiter machen, und dir gleichzeitig das egoistische Wichsen in aller Heimlichkeit austreiben! Es gibt genug Leute, die deinen Saft sehen und haben wollen, die dich sofort nageln würden, wenn du verfügbar wärst. Und genau dafür werde ich sorgen! Du wirst dir zu Hause nie wieder ohne meine ausdrückliche Erlaubnis einen runterholen, denn ab sofort gehört dein Saft ausschließlich mir! Hat dein Spatzenhirn das verstanden?"

Ich war bei diesen Worten innerlich zerrissen: einerseits rot vor Scham angesichts der deutlichen Worte, verängstigt wegen der angekündigten Hölle und erregt auf Grund der angedeuteten Möglichkeit, tatsächlich Sex mit anderen Menschen haben zu können – wegen meines Faibles für Spanking hatte keine meiner wenigen Beziehungen lange gehalten, und so lebte ich seit langem beziehungsabstinent. Das war nicht schön, aber es ersparte die über kurz oder lang aufkommende Beziehungsdramatik mit dem folgenden Trennungsschmerz –

und der Angst, ob die Ex meine Neigung im Bekanntenkreis breittreten würde.

PATSCH!

Eine Ohrfeige riss mich aus meinen Gedanken, und erschrocken schaute ich Ines an.

„Was gaffst du Löcher in die Luft, wenn ich dir eine simple Frage gestellt habe? Hat dir die Angst nicht nur die Blase geleert, sondern dir auch das Sprachvermögen geraubt, oder bist du bloß zu faul oder tatsächlich zu arrogant zum Sprechen?"

„Ich..."

„Maul halten! Kopf auf den Boden, Arme nach vorne und den Arsch schön hochgereckt – vielleicht machen dich ja ein paar Hiebe gesprächiger."

Jetzt wirkte Ines nicht einfach nur verärgert, sondern richtig sauer auf mich – und das war nicht gut! Also beeilte ich mich, die befohlene und mir nicht unbekannte Stellung einzunehmen.

Mein nacktes Gesäß ragte noch nicht lange empor, als ich den ersten Hieb empfing. Ein brennender Schmerz schoss durch meinen Körper, während ich dachte: ‚Ein Rohrstock, sie hat das Paddle gegen einen Rohrstock ausgetauscht.'

Dann trafen mich die Hiebe zwei und drei und verleideten mir das Denken. Weitere Hiebe landeten auf meiner Kehrseite, und während Schmerz- und Hitzewellen alles überlagerten, führte mein Po seinen nur zu bekannten Tanz auf.

Plötzlich hörten die Schläge auf. Und ich konnte Ines Stimme hören: „So, du arrogantes, faules Schwein, redest du vielleicht jetzt mit mir?"

Fieberhaft grübelte ich, was sie von mir hören wollte, aber viel Zeit nahm ich mir nicht für das Nachdenken, denn ihr Geduldsfaden schien heute recht kurz zu sein. Also beeilte ich mich „J-ja, Madame, ich höre, ich gehorche!"

„Dummkopf! Du bist ja noch blöder als du aussiehst! Ich will wissen, ob du dich von mir zu mehr Leistung drillen lassen willst."

Ich nickte: „Ja, Madame, ich unterwerfe mich", dann brach ich ab, um den Kloß hinunterzuschlucken, bevor ich hinzufügte: „ich unterwerfe mich ihnen und ihrem…ihrem…äh…Drill." Das letzte Wort flüsterte ich fast, denn einmal mehr an diesem Tag drohte mir im letzten Moment der Mut zu verlassen.

Kaum hatte ich den Satz ausgesprochen, ertönte schon das nächste Kommando: „Dann mal los, beweg deinen faulen Arsch und leg dich über den Strafbock!"

Sofort stand ich auf und tat, wie mir geheißen. Kaum lag ich, als kräftige Schläge mit einem Paddle mein Hinterteil trafen. Wieder wand sich meine Kehrseite in heftigen Bewegungen, während ich das schmerzerfüllte Stöhnen nicht lange unterdrücken konnte. Wieder und wieder traf mich das Paddle, verpasste meinem Po eine immer dunkler werdende rote Färbung, während mich Schmerz und Hitze lauter und lauter aufjaulen ließen.

Während ich damit beschäftigt war, ein Aufspringen um jeden Preis zu verhindern, hörte ich wie durch einen Schleier die schimpfende Stimme von Ines: „Du verfluchter Faulpelz! So jung und schon so verdorben faul! Ich werde dir stinkend faulem Schwein das Gammeln schon austreiben, ein für allemal, verlass dich drauf!"

Ich bekam bei weitem nicht alles mit, was sie mir noch alles an den Kopf warf, denn im Gegensatz zu den bisherigen Bestrafungen wartete sie nicht ab, dass sich der Schmerz eines Schlages gelegt hatte und ich wieder ruhig war, um den nächsten voll auskosten zu können, nein, diesmal schlug sie einfach nur zu, und die rasche Folge an Hieben sorgte schnell für ein starkes und auf hohem Stand verharrendes Schmerzgefühl.

Irgendwann hörten die Schläge auf. Ich bekam das nicht sofort mit, und so wackelte und stöhnte ich noch eine ganze Zeit weiter, obwohl es überstanden war. Überstanden? Das dachte ich, denn auch wenn es ‚nur' das Paddle war, hatte ich eine gefühlte Ewigkeit Schläge bekommen, die mich an die Grenze der Belastbarkeit gebracht hatten.

Ines' Stimme zerriss meine Hoffnung auf ein Ende der Bestrafung: „Komm her, du faule Sau, für dein Rumgammeln werde ich dir jetzt die Eier lang ziehen!"

Ich hatte keine Ahnung, was sie vorhatte, aber dass ich vor sie hintreten sollte, hatte ich immerhin verstanden. Stöhnend erhob ich mich von dem Strafbock und stakste mit weichen

Beinen auf sie zu. Gar nicht so einfach, mit wackeligen Knien zu gehen. Endlich aber stand ich vor ihr.

„Du darfst dich jetzt ein wenig erholen", versprach sie mit hohngetränkter Stimme, „ein bisschen Eckestehen wird dir gut tun. Aber angesichts der Schwere deines Vergehens sollst du beschwert Strafe stehen."

Bei diesen Worten hielt sie mir höhnisch grinsend ein paar Gewichte vors Gesicht. Ich wagte nicht zu protestieren, und als sie „Beine breit!" befahl, spreizte ich sie. Rasch hatte Ines die Gewichte an meinen Genitalien befestigt, und das Gewicht war furchtbar – ich glaubte, dass mir mein Juwelensack abreißen würde. Dennoch wagte ich nicht zu protestieren, denn ich hatte mich ja vor einer gefühlten Ewigkeit in diesem Raum ihrer Strafe oder, wie sie es nannte, Drill unterworfen.

Mit leicht panischem Blick ließ ich mich in eine Ecke dirigieren, während die Gewichte leise hin und her pendelten. In der Ecke angekommen ließ mich Ines darin stehen, das Gesicht zur Wand und die Hände in der typischen Haltung hinter dem Kopf verschränkt. Da stand ich dann und fragte mich, was ich hier eigentlich tat, warum ich die Schläge und nun auch noch die Folter erduldete. Während ein Teil von mir protestierte und forderte, dem Spuk durch Aufgabe und Abgang, der wohl einer Flucht gleichgekommen wäre, ein Ende zu bereiten, fühlte ich die glühende Hitze meines Gesäßes und dass davon ausgelöste Gefühl des Wohlgefallens. Es tat so gut, den versohlten Po zu spüren, und als dann das Bild von Ines in ihrer reizvollen Kleidung vor meinem geistigen Auge auftauchte, wurde ich tatsächlich von Lust durchflutet und – bekam einen Ständer. Die Lust verbündete sich mit der Gesäßhitze und gemeinsam drängten sie das Gefühl der Gewichte an meinen Genitalien in den Hintergrund. So stand ich in der Ecke: versohlt, gefoltert - und unglaublich geil.

Natürlich hielt die mir vergönnte Ruhepause nicht ewig an, und Ines dirigierte mich mit barschen Worten zurück zum Strafbock. Erst dort nahm sie die Gewichte ab, dann musste ich mich wieder überlegen. Diesmal schnallte sie mich fest, und ich begriff, dass das Paddle nur der Auftakt war. Der sanfte Auftakt sozusagen, und nun würde sicher die Hauptstrafe kommen

„Was, glaubst du, wird jetzt geschehen?", fragte Ines recht sanft.

„Du...äh sie werden mich mit dem Rohrstock bestrafen, Madame?", fragte ich gedehnt zurück, denn das war bislang immer der ‚Hauptgang' gewesen.

Leises Lachen quittierte meine Antwort. „Du bist halt ein Dummkopf", gab sie schließlich von sich, „für die Schwere deines Vergehens auf den Rohrstock zu hoffen ist dermaßen naiv, dass mir die Worte fehlen." Es folgte eine kleine Kunstpause, in der mir der Angstschweiß auf die Stirn trat. Dann stellte sie ungerührt fest: „Nein, Faulpelz, der Fiberglasstock wird dir das Fell verstriemen. Den hast du dir diesmal mehr als redlich verdient!"

Und dann ging es auch schon los: Hieb auf Hieb platzierte sie mit dem furchtbaren Stock aus Fiberglas auf meinem Hinterteil, peitschte mein Gesäß mit mehreren schnellen Hieben in schneller Folge, dann wieder ein paar einzelne Schläge, dann machte sie plötzlich eine kurze, für mich viel zu kurze Pause, um dann die nächste Welle von Hieben hinzuzufügen. Es war für mich nicht vorhersehbar, in welcher Geschwindigkeit oder Anzahl die Hiebe kommen würden, so dass ich stets unangenehm überrascht wurde.

Zuerst stöhnte ich nur, wollte die Bestrafung mannhaft durchstehen, aber dieses Ansinnen wurde beinahe von Sekunde zu Sekunde undurchführbarer. Ines kannte mich und wusste, wie sie mich um meine Beherrschung bringen konnte.

Recht schnell schon konnte ich nicht mehr und tat das, was sie beabsichtigt hatte: Ich schrie erst laut auf, aber schon im nächsten Moment wurde aus den einzelnen Schreien ein durchgehendes Geheul, und nicht lange darauf bettelte ich sogar um Gnade. Als das offenbar nicht half, gestand ich jappend und heulend alles: Ich rief, dass ich ein faules Schwein sei, ein Gammler, ein erbärmlicher Wicht, ein egoistischer Wichser, ich sei alles, was sie wolle, aber sie möge doch bitte, bitte aufhören mich zu schlagen. Aber alles Schreien, Betteln, Reißen an den Fesseln war natürlich vergeblich und brachte nicht die erhoffte Schonung. Ines war an diesem Tag wirklich stocksauer und gewillt, mir meine schon beinahe überwunden geglaubte Faulheit ein für allemal auszutreiben, gnadenlos. Bislang hatte ich mit dem Fiberglasstock maximal drei, vier Hiebe am Ende einer Züchtigung als Strafverschärfung erhalten, aber diesmal war das fiese Teil der alleinige Hauptgang.

Ein schier nicht enden wollender Hauptgang, denn der Stock ging wieder und wieder auf mir nieder. Längst war ich fast heiser vom Schreien und mein Körper mit einem dicken Schweißfilm überzogen, die Kraft zum Winseln hatte mich verlassen, und so versuchte ich, mir mit verstärktem Powackeln Linderung zu verschaffen. Ein untaugliches Mittel, aber es war das einzige, was ich tun konnte. Die Tränen liefen mir in Strömen das Gesicht hinunter, der Rotz tropfte aus meiner Nase, aber das bekam ich vor lauter Schmerzen kaum mit. Aber selbst wenn ich es bemerkt hätte: Es war mir in dem Moment egal!

„Ich werde dir faulem Schwein die Scheiße aus dem Leib prügeln!", hörte ich wie durch einen Nebel die Stimme von Ines, dazu immer wieder Beschimpfungen und Vorhaltungen. Ja, es war die angekündigte Hölle, schlimmer konnte es nicht werden!

Endlich! Endlich hörte sie auf, mich zu schlagen, aber das registrierte ich wieder erst eine geraume Zeit später. Ines band mich los und schleppte mich mehr als ich ging aus dem Raum, hinüber in die Folterkammer. Ich bekam das zwar irgendwie am Rande mit, aber mein brennendes Gesäß verhinderte jegliches Denken.

In der Folterkammer angekommen, sperrte mich Ines in einen Käfig, der so klein war, dass ich nicht darin stehen konnte. Das war mir auch ganz recht, denn meine Beine schienen nur noch aus Wackelpudding zu bestehen. Also setzte ich mich auf den Käfigboden, was ein schwerer Fehler war, denn kaum berührte der Po den Boden, durchflutete mich ein furchtbarer Schmerz. Sofort schreckte ich hoch, stieß mir den Kopf an der Käfigdecke und rollte mich schließlich irgendwie auf der Seite zusammen. So lag ich dort in Fötushaltung und heulte nun wieder wie ein Schlosshund.

Nach einer gefühlten Ewigkeit ließen die Schmerzen langsam nach. Auch die Hitze verflüchtigte sich nach und nach. Zwar konnte ich meinen Po nicht sehen, aber das war vielleicht auch ganz gut so, denn er musste furchtbar aussehen.

Der Aufenthalt in dem Käfig dauerte ziemlich lange, und in der Stille und Einsamkeit erholte ich mich wieder etwas. Die Tränen waren irgendwann getrocknet und der Strom von Rotz aus meiner Nase war ebenfalls versiegt.

Irgendwann erschien Ines. Sie holte mich aus dem Käfig, erlaubte mir die Toilettenbenutzung und ließ mich duschen. Im Bad konnte ich nicht widerstehen und warf mittels Spiegel einen kurzen Blick auf mein Gesäß. Bei dem Anblick erschrak ich fürchterlich! Geschwollene, rote Striemen, manche dick und andere dicker, bedeckten die ganze Fläche. Kein Wunder, dass ich im Käfig nicht sitzen konnte!

Den zweiten Schreck bekam ich beim Abtrocknen: Blut! Manche Hiebe waren so hart gewesen, dass meine mit Schlägen dieser Schärfe nicht gewohnte Haut an manchen Stellen aufgesprungen war. An anderen Stellen kreuzten sich Striemen, und im Schnittpunkt gab es auch leicht blutende Wunden. So schlimm war ich noch nie geprügelt worden, und ich wollte das auch nie wieder erleben!

Als ich Ines auf die Blutspuren aufmerksam machte, besah sie sich meine Kehrseite ganz genau. Dann zuckte sie mit den Achseln und meinte: „Nichts Ernstes, alles halb so schlimm. Und da du an diesem Wochenende ohnehin hier bleibst, kannst du dir auch nicht deine Klamotten auf der Heimfahrt einsauen."

Ich schaute sie nur fragend an. Ines verschwand, und als sie kurz darauf zurückkam, hielt sie eine Windel in der einen und eine Gummihose in der anderen Hand. Bevor ich ihre Absicht richtig verstanden hatte, hatte sie mich mit wenigen Kommandos so dirigiert, dass ich Windel und Hose trug, bevor ich wusste, wie mir geschah.

„Aber...", begann ich.

PATSCH!

Die Ohrfeige hatte gesessen!

„Dein Arsch sollte vorerst zwar nicht mehr geschlagen werden, aber du hast immer noch ein Ohrfeigengesicht! Also sieh dich vor mit deinen Widerworten!" Obwohl sie relativ leise sprach, war der drohende Tonfall unüberhörbar. Ich hielt es daher für ratsam, den Mund zu halten.

Als Ines merkte, dass ich keine weiteren Anzeichen von Aufsässigkeit zeigte, führte sie mich zurück in die Folterkammer und sperrte mich in den Käfig. Ein Kissen, zwei Decken und ein Abendessen aus trockenem Brot mit stillem Wasser war die ganze Ausstattung.

Als sie sich zum Gehen wandte, rief ich: „Madame, was ist, wenn ich...mal... also, nun ja,...mal muss."

„Idiot!", war die ganze Antwort, dann löschte sie das Licht.

Erst später kapierte ich, dass ich ja eine Windel wegen der möglicherweise gering blutenden Striemen trug! Trotzdem wollte ich meine Notdurft nicht in die Windel verrichten, das war mir dann doch zu demütigend. Also versuchte ich, bis zum Morgen auszuhalten.

Am anderen Morgen durfte ich die Toilette benutzen, duschen und frühstücken. Da sich in der Windel keine Blutspuren mehr fanden, musste ich nackt bleiben.

Nach dem Frühstück dirigierte mich Ines in einen Raum im Erdgeschoss. Die durch die Fenster hereinflutende Sonne blendete mich im ersten Augenblick, aber ein paar Rippenstöße von Ines bedeuteten mir die Richtung, in die ich zu gehen hatte. Das Ziel war ein kleiner Raum, der neben einem Bett einen Holztisch sowie einen hölzernen Stuhl enthielt.

„Sitz!"

Gehorsam nahm ich auf dem Stuhl Platz, aber kaum berührte mein verstriemtes Gesäß die Sitzfläche, durchfuhr mich ein heftiger Schmerz.

Ines grinste spöttisch: „Ja, vollgehauene Ärsche und Holzstühle sind keine ideale Kombination. Du kannst dich aber freuen, dass ich gute Laune habe, denn sonst hätte ich dir Sandpapier auf den Stuhl gelegt."

Bevor ich etwas sagen konnte, hatte sie bereits einen Füllfederhalter und ein liniertes Heft in DIN A 4 Format vor mich gelegt.

„Du wirst jetzt hundertmal den Satz ‚Ich bin ein faules Schwein und verdiene dafür ordentlich Prügel' schreiben, „Wehe, wenn ich Schreibfehler finde oder eine schlechte Handschrift sehe! Gib dir Mühe, sonst setzt es was mit dem Stock auf deine Schenkel."

Gleich darauf war sie verschwunden. Ich hörte, wie sich der Schlüssel im Schloss drehte. Gerne hätte ich noch gefragt, wie lange ich für die Strafarbeit Zeit habe würde, aber da sie so schnell weg war, bestand dazu keine Gelegenheit. Um die Gefahr der angekündigten Strafe zu verringern, machte ich mich sofort an die Arbeit und gab mir größte Mühe, wenngleich mir der Holzstuhl das Sitzen sehr unangenehm machte. Also gönnte ich mir zwischendurch immer wieder kurze Pausen, in denen ich mich erhob und um den Tisch herumging. Ob das eine gute Idee war, bezweifelte ich rasch, denn bei jedem Hinsetzen stöhnte ich leise auf, aber das Sitzen wurde mit zunehmender Zeit auch immer unangenehmer.

Irgendwann war die Strafarbeit fertig. Ein letzter Blick überzeugte mich, keinen Schreibfehler gemacht zu haben, und in meinen Augen sah alles sehr ordentlich aus. So sauber hatte ich seit Jahren nicht mehr geschrieben!

Irgendwann kam Ines zurück und stellte mir einen Teller Essen hin. Während ich aß, warf sie einen interessierten Blick in das Heft. Mit einem mulmigen Gefühl verfolgte ich jede ihrer Bewegungen und versuchte, in ihrem Gesicht zu lesen, was sie dachte. Vergebliche Mühe, denn Ines wahrte ein undurchdringliches Gesicht. Nicht mal einen Kommentar gab sie ab.

Als ich mit dem Essen fertig war, musste ich wieder in die Folterkammer im Keller. Dort fesselte sie meine Hände mit Handschellen auf den Rücken, während mein Kopf mit einer Halskette an der Wand fixiert wurde. Ich befand mich nun in einer knienden Position, aber immerhin konnte ich mich auf meinen Hacken niederlassen. Das war wegen der vielen Striemen nicht angenehm, aber bequemer als mit aufrechtem Oberkörper zu knien.

Schließlich hielt mir Ines ein Schild vors Gesicht, auf dem in großen schwarzen Buchstaben 'Ich bin ein faules Schwein' geschrieben stand. Dieses Schild hängte sie mir um den Hals.

„So, und jetzt werde ich arbeiten. Ich habe für heute vier Kunden, und du wirst während ihrer Behandlung einen hübschen Hintergrund abgeben."

„Was? Nein, bitte nicht, keine Vorführung…"

Sichtlich genervt verdrehte Ines die Augen, seufzte ein theatralisches „Geht das schon wieder los!" und im nächsten Augenblick stand sie vor mir. Jetzt ging es schnell hintereinander PATSCH! PATSCH!, wieder und wieder setzte es Ohrfeigen. Wegen der Fesseln und der knienden Position konnte ich mich weder wegducken noch mein Gesicht schützen, und so musste ich wohl ein Dutzend Ohrfeigen einstecken.

Schwer atmend kniete ich auf dem kühlen Fußboden, während meine Wangen höllisch brannten. Ja, Ines konnte auch sehr harte Ohrfeigen austeilen.

Nach einem prüfenden Blick auf mich verließ sie den Raum, um kurz danach mit einem Kunden wiederzukommen. Offensichtlich hatte sie ihn vorgewarnt, denn er wirkte wegen meiner Anwesenheit nicht überrascht.

Ines kümmerte sich um ihn, wie sich eben eine professionelle Domina um einen Kunden kümmert. Es waren die üblichen SM-Spiele, und hin und wieder warf ich einen verstohlenen Blick auf das Geschehen. Als sich die Session ihrem Ende näherte, gurrte Ines in Richtung des Kunden: „So, du Mistkerl, das war es für heute. Aber nur fast, denn zum Schluss gibt es eine kleine Planänderung." Damit wandte sie sich an mich: „Der Sklave holt sich zum Schluss immer einen runter und spritzt in ein Kondom. Heute wird er dir faulem Schwein in die Fresse spritzen." An den Kunden gewandt befahl sie barsch: „Los, spritz dem faulen Schwein deinen Geilschleim ins Gesicht."

Ich war anfangs wie gelähmt. Das konnte sie doch nicht machen! Aber als der Sklave vor mir Aufstellung nahm und zu onanieren anfing, reagierte ich doch noch und bettelte: „Bitte, Madame, nicht das! Bitte nicht!"

Rüde schob Ines den Sklaven beiseite, versetzte mir ein paar kräftige Ohrfeigen und herrschte dann den Sklaven an: „Was ist, brauchst du Schläge zur Motivation? Spritz ihn endlich voll!"

Sofort trat der Sklave vor mich hin und begann sein Werk. Kurz bevor es ihm kam, packte Ines meinen Kopf von hinten und zog ihn so hoch, dass sich mein Gesicht direkt vor dem Glied des Sklaven befand. Ich hatte gerade noch die Zeit zum Schließen der Augen, als auch schon sein Sperma in mein

Gesicht klatschte. Es lief über Nase und Mund, bis es schließlich vom Kinn auf meine Brust, aber mehr noch auf das Schild um meinen Hals tropfte. Ich empfand es im ersten Moment nicht nur als eklig, sondern auch als extrem demütigend. Ines musste meine Gedanken erraten haben, denn sie flüsterte mir ins Ohr: „Von wie vielen Frauen hast du es dir schon mit dem Mund besorgen und sie deinen Dreck schlucken lassen? Jetzt erlebst du mal ansatzweise, was eine Frau beim Blasen mitmacht."

Gleich darauf führte sie den Kunden aus der Folterkammer. Es dauerte etwas, bis sie mit dem nächsten erschien. Nun wiederholte sich der Vorgang von eben: Erst das SM-Spiel mit dem Kunden, dann sein Abspritzen in mein noch von seinem Vorgänger verschmiertes Gesicht, denn Ines erlaubte mir nicht, zwischendurch das Gesicht zu säubern.

Am Ende des Tages hatte Ines ihre vier Kunden bedient. Jeder hatte mir zum Abschluss seinen Samen ins Gesicht gespritzt, einer war sogar mit Ines' Erlaubnis doppelt gekommen. Meine Hoffnung, nun losgebunden zu werden und mir endlich das Gesicht waschen zu dürfen, erfüllte sich nicht sofort. Ines ließ mich noch eine Stunde in der Stellung knien, damit ich den schon trockenen und verkrusten Saft ‚genießen könne', wie sie es süffisant ausdrückte. Aber endlich war auch diese Demütigung vorüber und ich durfte duschen. Eine wahre Wohltat!

Nach dem Duschen bekam ich zu essen, eine neue Windel angelegt und wurde anschließend wieder in den Käfig gesperrt.

Am Sonntagvormittag wiederholten sich die Ereignisse des Vortages. Wieder wurde ich mehreren Kunden vorgeführt, die mich am Ende der gebuchten Session mit ihrem Samen beschmutzen durften. Während der Mittagspause fesselte mich Ines in stehender Stellung. Mein Gesicht war noch immer Spermaverschmiert, und auch das Schild mit der Aufschrift ‚Ich bin ein faules Schwein' befand sich noch um meinen Hals. Schließlich spreizte sie mittels einer Spreizstande meine Beine weit auseinander und begann, meine Oberschenkel kräftig mit der Hand auszuklatschen. Es tat furchtbar weh, und schon nach kurzer Zeit waren sie knallrot.

Als Ines endlich aufhörte, trippelte ich noch einige Zeit auf der Stelle, um mir auf diese Weise eine winzige Linderung zu verschaffen.

Es dauerte etwas, bis ich mich wieder beruhigt hatte. Wortlos bedeutete mir Ines, mich zu duschen, was ich nur zu gerne tat. Nachdem ich wieder sauber war, betrachtete ich sowohl meine Schenkel als auch mein Gesäß im Spiegel. Es würde lange dauern, bis die Spuren verschwunden sein würden!

Als ich sauber und nackt vor Ines trat, warf sie mir meine Kleidung vor die Füße.

„Anziehen!"

Sofort gehorchte ich und bedeckte meine Blößen.

Als ich fertig angekleidet war, trat sie dicht an mich heran: „Du wirst nie, nie wieder so faul sein! Falls doch, werde ich beim nächsten Mal noch härter mit dir umspringen! Also sieh dich vor!" Dann fügte sie mit einem Grinsen hinzu: „Und zum Wichsen wird dir diesmal wohl die Lust vergangen sein, oder?"

Ich nickte nur, denn nach dem Erlebten wollte ich nur noch nach Hause und mich ausruhen.

„Keine Sorge, deine Geilheit wird ganz schnell zurück sein. Deshalb wirst du morgen wieder hier erscheinen, damit ich deinen Saft benutzen kann.

Dann gab sie mir zum Abschied noch eine Ohrfeige, öffnete die Tür und zischte: „Also dann, bis morgen!"

Ich wollte noch etwas sagen, aber ein dicker Kloß schnürte meinen Hals zu. Also nickte ich wortlos und ging. An das, was mich am nächsten Tag erwarten würde, verschwendete ich keinen Gedanken. Dafür schwor ich mir innerlich, nie wieder so faul wie in der vorangegangenen Woche zu sein, aber es war mir und mit Sicherheit auch Ines klar, dass früher oder später der Schlendrian zurückkehren würde. In den Wochen danach wirkte die erhaltene Strafe jedoch wahre Wunder!

Karin und Gerd 3
Bestrafung eines Diebes

Das Zusammenleben mit Karin erwies sich als überaus harmonisch, weil die Rollen klar verteilt waren: Sie war die Herrin, ich hatte zu gehorchen. Natürlich durfte ich jederzeit meine Meinung sagen, die in einem bestimmten Rahmen sogar Gehör finden konnte, aber schlussendlich traf Karin alle Entscheidungen. Zudem bestimmte sie die Regeln unseres Zusammenlebens. Dabei durfte ich natürlich den groben Rahmen und damit die Grenzen vorgeben, innerhalb derer sie in ihren Entscheidungen freie Hand hatte. Damit konnte ich zwar immer ahnen, was mich schlimmstenfalls erwarten würde, wusste aber nichts über die konkrete Umsetzung einer Strafe. Im Gegenzug hatte ich jedoch immer die Gewissheit, dass die von mir vorgegebene Grenze nicht überschritten werden und damit nichts passieren würde, was mich eventuell überfordern könnte. Eine sehr pragmatische und gelungene Lösung, die wohl in jeder Spankingbeziehung praktiziert wird.

Eine von Karins Regeln war, dass ich nicht unerlaubt Onanieren durfte, weil mein Sperma ihr alleine gehörte. Diesen Besitzanspruch leitete sie aus ihrer Funktion als Herrin ab, denn als ihrem devoten Freund hatte ich ihr jederzeit die größtmögliche Freude zu bereiten. Dazu gehörte auch die Lusterfüllung, wobei sie bestimmte, wann, wo und wie ich sie verwöhnen durfte. Dass ich dabei auch auf meine Kosten kam, wurde nicht ausdrücklich erwähnt, aber dieser Umstand war uns beiden auch ohne viele Worte bewusst. Würde ich jedoch meinen Samen durch Handanlegen während ihrer Abwesenheit verbrauchen, würde diese Ladung meiner Herrin nicht mehr zur Verfügung stehen. Als devoter Part betrachtete sie mich gewissermaßen als ihr Eigentum und schloss darin auch alle Fähigkeiten, Talente und anderen Dinge ein – und eben auch mein Sperma.

Damit ich ihr gegenüber jederzeit meiner Mannespflicht nachkommen konnte, hatte mir also Karin das Onanieren verboten. Eigentlich hatte sie es mir mit dem Rohrstock ausgetrieben, nachdem sie mich mal beim Handanlegen erwischt hatte. Ich musste mich ‚fertig machen', danach wurde ich wegen ‚ferkelhaften Benehmens' mit einem Dutzend Hieben bestraft. Ich erduldete die Strafe, denn ich hätte mich eben nicht von ihr erwischen lassen dürfen. Allerdings hatte sie mich zuvor zwei Tage wegen ihrer Menstruation nicht an sich rangelassen und mir auch kein Onanieren erlaubt, so dass ich trotz großen beruflichen Stresses einfach nur heiß war. An jenem Tag dachte ich anfangs, dass die Angelegenheit mit dem Dutzend Stockschlägen erledigt wäre, aber dem war nicht so. Kaum hatte ich fertig onaniert und dafür meine Hiebe bekommen, verlangte Karin von mir Sex. Sie bot mir wegen ihrer Tage den Hintereingang an, und ich machte mich ans Werk. Leider forderten die vorangegangene Handarbeit und der schmerzende Po ihren Tribut und ich versagte. Daraufhin bekam ich fünfzehn weitere Stockschläge und mir wurde zudem das Onanieren strengstens untersagt.

„Dein Sperma gehört mir, und bevor du wieder versagst und ich mich mit einem Vibrator behelfsmäßig befriedigen muss, wirst du enthaltsam leben. Wehe, wenn ich dich beim Wichsen erwische! Dann setzt es Hiebe, mit denen ich dir deine Sauerei gründlich austreiben werde!!!"

Dass das keine leere Drohung war, glaubte ich sofort, denn bei solchen Ankündigungen neigte Karin eher zu Unter- denn zu Übertreibungen. Das war also der Hintergrund, vor dem sich die nachfolgenden Ereignisse zutrugen.

Angefangen hatte es damit, dass ich an diesem Montag wie üblich zur Arbeit gefahren war. Ein vollkommen normaler Vorgang, aber dieser Arbeitstag hielt für mich eine Überraschung bereit: Ich sollte mich um eine Studentin kümmern, die bei uns ein Praktikum machen wollte. Soweit war ich von meinem Chef in der vorangegangenen Woche schon informiert worden. Allerdings ahnte ich da noch nicht, dass es an diesem Tag besonders heiß werden würde. Prompt erschien die junge Dame auch bekleidet mit einer dünnen, weißen Bluse, durch die ein ebenfalls weißer BH schimmerte. Untenrum trug sie einen Minirock in Lederoptik, während ihre Beine in schwarzen Netzstrümpfen steckten. Angesichts der Hitze dieses Sommertages überraschte mich dieser Anblick, aber da die Strümpfe ein wunderschönes Muster hatten und damit ein echter Blickfang waren, hinterfragte ich das nicht weiter. Ihre Schuhe hatten zwar keine mörderisch hohen Absätze, waren aber auch nicht flach. Alles in allem war ihr Anblick eine reine Augenweide!

Im Laufe des Tages erklärte ich ihr viele Dinge aus meinem Aufgabenbereich. Dabei sah sie mir des Öfteren über die Schulter, wobei mehr als einmal eine ihrer schwarzen Haarsträhnen meine Wange streifte. Ganz davon abgesehen, dass ich ihr Parfüm riechen und manchen kleinen Seitenblick in ihre etwas zu weit geöffnete Bluse werfen konnte. Sicher muss nicht ausdrücklich erwähnt werden, dass ich rasch erkennen konnte, dass sie halterlose Strümpfe und einen weißen Slip trug – sie saß mir ja am diesem Tag auch oft genug gegenüber und schlug ihre Beine abwechselnd mal in die eine, mal in die andere Richtung übereinander. Das erlaubte mir tiefe Einblicke und verhalf mir zu den besagten Erkenntnissen. Ob sie das alles mit Absicht darauf angelegt hatte, um mich aufzuheizen, weiß ich nicht, aber der Verdacht lag zumindest nahe. Mir war es egal, denn ich genoss einfach die sich mir bietenden Anblicke. Mehr jedoch nicht, denn ich machte keinerlei Annäherungsversuche – unsere Gleichstellungsbeauftragte wartete nur auf ein erstes Opfer, an dem sie ein Exempel statuieren konnte. Außerdem gehörte ich zu Karin, auch dessen war ich mir bewusst. Aber ein paar verstohlene Blicke konnten ja nicht schaden und wenn sie es doch schon anbot...

Endlich hatte ich diesen in doppelter Hinsicht heißen Arbeitstag überstanden. Ich würde die junge Dame noch den Rest der Woche um mich herum haben und fragte mich, wie ich das überstehen sollte, ohne sie anzubaggern. Aber jetzt freute ich mich erstmal auf zu Hause.

Nicht nur wegen der Studentin, sondern auch wegen des heißen Sommertages und der Krawattenpflicht hatte ich im Büro sehr stark geschwitzt. Wie jeden Montag war Karin kurz vor meiner Rückkehr zum Sport gefahren. Ich war also allein im Haus und entschloss mich zu einer Dusche. Ich zog mich im Schlafzimmer aus, ging nackt ins Bad und stellte mich unter den Duschkopf. Es tat unglaublich gut, das Wasser über den Körper laufen zu lassen. Ich genoss es eine ganze Weile. Dann seifte ich mich vollständig ein und stellte mich erneut unter den Wasserstrahl. Während das lauwarme Wasser den Schaum von meinem Körper spülte, ließ ich wie immer bei dieser Gelegenheit den Arbeitstag Revue passieren. Natürlich kam mir dabei sehr schnell die Studentin in den Sinn. Sicher nicht überraschend verdrängte die Erinnerung an sie alle anderen Gedanken, bis sich schließlich alles nur noch um sie drehte. Mir war das nicht bewusst, es passierte einfach. Als ich an sie dachte, kam mir ihr Verhalten immer lasziver vor. Dieser Gedanke in Verbindung mit dem erfrischenden lauwarmen Wasser und meiner Nacktheit erregte mich schnell. Ich war dabei so in meiner Traumwelt gefangen, dass ich meine Erektion nicht wirklich realisierte. Auch nicht, dass ich schließlich wie in Trance mein Glied anfasste und erst langsam, dann aber immer schneller den Schaft rauf und runter rieb. Ich war taub für mein Stöhnen und blind für meine Umgebung – genau das wurde mir zum Verhängnis!

„Du elende Sau, was treibst du da!?!", keifte es plötzlich neben mir.

Jäh aus meiner Traumwelt gerissen, kehrte ich in die Realität zurück und sah mich verdattert um. Neben der Duschkabine stand Karin mit vor Zorn funkelnden Augen.

„Was treibt du Schwein da?", wiederholte sie ihre Frage.

„Wo – wo kommst du denn her?", stammelte ich verdattert, „Du wolltest doch zum Sport?"

„Allerdings, aber weil ich nicht dran gedacht habe, dass gerade die Ferien angefangen haben und die Halle dann geschlossen ist, bin ich früher zurückgekommen. Gerade rechtzeitig, um dich beim Wichsen zu erwischen."

„Nein, nein, das ist nicht so, wie es vielleicht aussieht. Es ist – ist – also, ich wollte mir nur den Schweiß abduschen, um für dich sauber zu sein."

„Du lügst! Ich habe mit eigenen Augen gesehen, wie du deinen Schwanz gerubbelt und abgespritzt hast!"

„Ab – abgespritzt?", fragte ich verblüfft. Ich musste ja wirklich sehr tief in meiner Traumwelt gewesen sein, denn von einer Ejakulation hatte ich nichts mitbekommen.

„An wen hast du gedacht?", bohrte Karin weiter.

„Das erzähle ich dir gleich, ich will mich nur rasch abtrocknen."

„Und dir dabei irgendeine Lüge ausdenken, was? Nein, Freundchen, du beichtest jetzt sofort! An welche Schlampe hast du gedacht?"

„An dich natürlich, wie immer", log ich und hoffte, überzeugend zu klingen.

Als Karins Kopf vor Wut rot anlief, bemerkte ich meinen Fauxpas, aber es war zu spät.

„Du elender Wicht hältst mich für eine Schlampe???"

„Nein, nein, natürlich nicht", wehre ich ab. „Das war jetzt unglücklich ausgedrückt, ich habe natürlich etwas anderes gemeint", versuchte ich sie zu beschwichtigen.

Das ging leider auch daneben, denn Karin rief nun ungehalten: „Lüg mich nicht an! Woran hast du gedacht?"

„An - an dich, das weißt du doch."

„Ist irgendetwas im Büro gewesen?" Ihre Stimme war leise und das Misstrauen in ihren Worten war jetzt geradezu greifbar.

„Nein, nein, da war alles wie immer."

Karins Augen waren nur noch zwei enge Schlitze.

„Wasch dir den Schwanz und die Hände, aber besonders gründlich! Dann trockne dich ab und komm ins Wohnzimmer. Nackt! Wehe, du trödelst!"

Mir schwante Böses, aber ich hatte keine andere Wahl. Nach einem „Ja, Herrin" machte ich mich an die Erledigung ihrer Order.

Als ich nach einigen Minuten im Wohnzimmer erschien, erwartete sie mich bereits mit einem dünnen Rohrstock in der Hand.

„Du bist ein elender Dieb, denn du hast mein Sperma gestohlen! Ich hatte dir ausdrücklich verboten, ohne meine Erlaubnis zu wichsen, nicht wahr?"

Ich wollte sie milde stimmen und gab mich darum reumütig und zerknirscht: „Ja, Herrin. Ich gestehe meinen Frevel."

„Und dennoch hast du es getan! Hast du irgendetwas zu deiner Entschuldigung vorzubringen?"

„N – nein, Herrin, es war nur die herrliche Dusche nach dem heißen Tag, das warme Wasser – da kam es über mich und ich habe mich gehen lassen. Es tut mir leid, Herrin, wirklich! Ich wollte sie nicht bestehlen, ich bin nur wegen der Arbeit und dem Wetter schwach geworden. Wahrscheinlich weil ich nur ein Mann bin und deshalb nicht die Willensstärke einer Frau habe. Es tut mir wahnsinnig leid, Herrin!"

„Das wird es auch, ganz bestimmt wird es das. Ich lasse mich nämlich nicht ungestraft bestehlen! Du weißt, dass ich dich jetzt züchtigen werde, nicht wahr?"

Ich nickte schicksalsergeben.

„Bist du stumm geworden oder warum bekommst du dein Maul nicht auf?", fuhr sie mich an.

Ich beeilte mich laut zu antworten: „Ja, Herrin, ich habe eine Strafe verdient. Bitte bestrafen sie mich, wie sie es für richtig halten."

„Du siehst also ein, dass du die Strafe verdient hast?"

„Ja, Herrin, ich habe eine tüchtige Strafe verdient."

„Na dann: Umdrehen, bücken und die Hände an die Knöchel!"

Sofort kam ich dieser Aufforderung nach. Jegliches Zaudern hätte mir mit Sicherheit eine Zusatzstrafe eingebracht und ich wollte meine Herrin nicht noch weiter erzürnen.

Nach dem Einnehmen der Strafstellung verging einige Zeit ohne Hieb. Stattdessen streichelte Karins Hand mein Gesäß. Auch die Spitze des Rohrstocks ließ sie immer wieder sanft über die Haut gleiten.

„Ein frisch geduschter Hintern", kommentierte sie ihr Tun, „da ist die Haut schön weich. Der Stock wird ordentlich durchziehen und schön schmerzhaft in die Haut beißen. Aber ein elender Dieb hat keine Gnade verdient!"

Im nächsten Augenblick pfiff der Stock durch die Luft und schon traf mich der erste Hieb. Mein ganzer Körper wurde erschüttert und ich hatte Mühe, die angewiesene Haltung zu bewahren.

Sanft streichelte ihre Hand nun wieder über mein Gesäß. Offensichtlich fuhren ihre Finger der Strieme nach, die der Stock unweigerlich gezogen haben musste. Plötzlich kniff sie herzhaft bei der Strieme zu, was sehr schmerzhaft war.

„Elender Dieb, mir dein Sperma zu stehlen!", tobte sie. Ihre Hand war ebenso plötzlich, wie sie da war, wieder weg. Dafür sauste der Stock erneut hernieder und traf punktgenau sein Ziel. Ich fuhr angesichts des Schmerzes jetzt leicht hoch, ohne mich jedoch ganz aufzurichten. Einige Momente und ein paar tiefe Atemzüge später hatte ich mich wieder im Griff und stand erneut gebückt vor ihr. Wieder streichelte ihre Hand mein Gesäß. Dabei beschimpfte sie mich aber weiterhin als Dieb und elenden Räuber, kniff mich aber immerhin nicht mehr in den Po.

Dafür sauste jetzt jedoch der Stock umso öfter herab. Die Feuersbrunst auf meiner Kehrseite hatte sich längst im gesamten Körper ausgebreitet und ließ mein Gehirn explodieren. Meine Reaktionen wurden immer heftiger, bis ich schließlich nach jedem Hieb aufsprang und mir wild den Hintern reibend durch das Zimmer hüpfte. Es dauerte von Hieb zu Hieb länger, bis ich mich wieder halbwegs unter Kontrolle und in Position gestellt hatte. Hin und wieder streichelte dann Karin mein Gesäß, sobald ich für die Fortsetzung meiner Bestrafung bereit war. Die Kühle ihrer Hand wirkte wohltuend, auch wenn sie die Feuersbrunst auf meinem Hinterteil nicht löschen konnte. Immerhin ersparte mir Karin während der gesamten Züchtigung das Zählen der Hiebe, denn mit dem Einnehmen und Beibehalten der Strafposition hatte ich schon mehr als genug zu tun, ein Mitzählen hätte mich sehr wahrscheinlich überfordert.

Meine Herrin bescherte mir eine sehr schlimme Viertelstunde, in der sich Hiebe und Streicheleinheiten für mein Gesäß abwechselten. Aus ihren anfänglichen einzelnen Beschimpfungen wurde jedoch mit zunehmender Züchtigungsdauer eine durchgängige Beleidigung. Am Ende enthielt ihre Rede auch demütigende Äußerungen wie beispielsweise die, dass ich vor lauter Wichsen keinen Ständer mehr bekommen und meine Mannespflicht nicht mehr schaffen würde. Sie stellte mein einmaliges Vergehen des Onanierens als einen Dauerzustand dar. Ihre Strafpredigt wirkte sich nach kurzer Zeit auch auf die Härte ihrer Hiebe aus.

Dann war es endlich überstanden! Ich hatte meine Strafe für verbotenes Onanieren verbüßt. Meine Erziehungsfläche musste fast drei Dutzend Striemen aufweisen, aber genau wusste ich es nicht.

„Danke, Herrin", stammelte ich atemlos nach der Verkündung des Endes des Strafvollzuges und dachte, dass damit alles erledigt wäre. Leider irrte ich mich.

„Marsch, über meine Knie!", kommandierte Karin stattdessen. Während ich den letzten Rohrstockhieb verarbeitete, hatte sie sich auf einen Stuhl gesetzt. Erst jetzt fiel mir auf, dass der Küchenstuhl von Anfang an im Wohnzimmer gestanden hatte.

Zögernd kam ich ihrer Anweisung nach. Kaum lag ich über ihren Knien, als sie auch schon meine Beine mit den ihren festklemmte.

„Was war im Büro?"

Ich war verblüfft, denn mit einer solchen Befragung hatte ich nicht gerechnet. Also blieb ich sicherheitshalber bei meiner früheren Behauptung und antwortete: „Nichts, Herrin."

Diesmal war es ein Lederpaddle, das meinen Hintern traf und mir wegen des Auftreffens auf die Striemen den Atem raubte. Ich schrie laut auf und wand mich auf ihren Knien, ohne dem eisernen Griff entkommen zu können.

„Was war im Büro?"

„Nichts, Herrin."

Wieder ein Hieb.

„An wen hast du unter der Dusche gedacht?"

„An dich, Herrin."

Zwei harte Schläge.

„Was war im Büro?"

„Ich sagte doch schon: Nichts, Herrin!", stammelte ich.

„Du lügst!"

Wieder zwei Hiebe von der besonders harten Sorte.

„Nein, Herrin, alles war wie immer."

Wieder trafen mich Hiebe.

„Du lügst! An wen hast du unter der Dusche gedacht?"

„An dich, Herrin!", keuchte ich. Lange würde ich dieses Verhör nicht mehr durchhalten.

„Du lügst!"

Diesmal traf mich ein Holzpaddle dreimal schnell hintereinander. Ich wand mich wie ein Aal, konnte aber ihrer Schenkelklemme nicht entkommen. Gleichzeitig drückte sie mich mit ihrer freien Hand weiterhin fest nach unten.

„Noch einmal von vorne: Was war im Büro? An wen hast du unter der Dusche gedacht?"

Mir dämmerte, dass sie etwas ahnen musste. Oder wusste sie gar von der Studentin? Das konnte doch nicht sein, oder? Ich beschloss, weiterhin zu lügen und rief: „Ich habe nur an dich gedacht, Herrin!"

Vier- oder fünfmal traf mich daraufhin das Holzpaddle mit großer Härte. Die Hiebe kamen so schnell hintereinander, dass ich den Überblick über die Anzahl der Schläge verlor. Ich wimmerte nur noch laut und herzzerreißend.

„Dein Gejaule nutzt dir gar nichts! Sag die Wahrheit, du Sau! Sofort!!"

Verdammt, sie musste es wissen! Anderenfalls würden weder ihre penetranten Nachfragen noch die Behauptung, dass ich lügen würde, einen Sinn ergeben. Ich beschloss, aufzugeben.

„Bitte, ich sage alles, aber nicht böse sein, ja? Bitte, bitte!"

Zwei harte Hiebe trafen mich.

„Du bist nicht in der Position für Verhandlungen. Hast du etwas zu beichten?"

„Ja, ja, Herrin, bitte, ich sage alles!"

„Ich höre!"

In den nächsten Minuten beichtete ich heulend über Karins Knien liegend alles: Angefangen von der Studentin über deren Kleidung und ihrem teilweise lasziven Verhalten bis hin zu meiner Festigkeit, sie nicht anzubaggern.

Als ich eine erwartungsvolle Pause machte, traf mich ein weiterer Hieb.

„Weiter! Was war unter der Dusche?"

Ich gestand also, dass mir die Dusche nach dem heißen Sommerwetter gut getan hätte und ich plötzlich an die Studentin habe denken müssen. Dass ich dabei an mir herumgespielt hatte, sei mir nicht bewusst gewesen.

Nach diesem Geständnis gab mich Karin frei.

„Das passt alles zu dem, was mir Heike erzählt hat", bemerkte sie lapidar, „denn Thomas hat ihr brühwarm von deiner

Praktikantin erzählt und dass du Trottel sie nicht genagelt, nicht mal angemacht hast."

„Aber – wann hast du denn mit Heike telefoniert?", fragte ich schüchtern.

„Als du im Bad deine Hände und deinen Schwanz gewaschen hast", lautete die Antwort. Zwischen den Zeilen klang etwas Selbstzufriedenheit hindurch. Nach einer kurzen Pause fuhr sie fort: „Du hast meine Fragen, ob etwas Besonderes im Büro war oder an wen du unter der Dusche gedacht hast, nicht ehrlich beantwortet. Für jede der beiden Lügen wird es fünfundzwanzig Stockhiebe setzen!"

Ich wurde blass. Ein solches Strafmaß würde ich nach der schon erhaltenen Wucht nicht unbeschadet überstehen.

Karin erriet natürlich sofort meine Gedanken und fuhr rasch fort: „Nicht sofort, dafür ist dein Hintern jetzt zu sehr mit Striemen übersät. Aber am Freitag gibt es die erste Rate, am Samstag dann die zweite. Es ist mir egal, wie dein Hintern bis dahin aussieht – oder danach. Du hat dir das schließlich alles selber zuzuschreiben! Freu dich also schon auf deine wohlverdiente Senge, du elender Lügner!"

Mit gesenktem Kopf versuchte ich diese Ankündigung zu verarbeiten. Heute war Montag, und in den kommenden vier Tagen würde sich meine Kehrseite noch nicht richtig von der heutigen Wucht erholt haben. Mir würde also ein extrem hartes Wochenende bevorstehen.

Wieder erriet Karin meine Gedanken: „Du wirst dir morgen Windeln kaufen, denn falls eine Strieme am Wochenende nach einer der beiden Züchtigungen etwas nässen sollte, darf deine Unterhose auf gar keinen Fall schmutzig werden!"

Voller Ergebenheit nickte ich. Widerspruch wäre ohnehin zwecklos gewesen.

„Ach ja", fuhr Karin fort, „wir werden dir noch einen Keuschheitsgürtel besorgen, damit du mich nie wieder bestehlen kannst! Und jetzt ab in die Ecke, du dreckiger Dieb!"

Auf wackeligen Beinen gehorchte ich. Mir graute vor dem kommenden Wochenende und auch vor der Lieferung des Keuschheitsgürtels. Das bekam auch die Studentin zu spüren, denn am anderen Tag war ich ihr gegenüber sehr reserviert und kurz angebunden. Sie ließ sich am dritten Tag zu Thomas versetzen, der mich schmierig angrinste. Ob er ahnte, was seine Petzerei gegenüber Heike letztlich für mich bedeutet hatte und am kommenden Wochenende noch bedeuten würde? Vielleicht ja, aber genau wusste ich es nicht. Es war mir in dem Moment aber auch herzlich egal, denn ich hatte andere Probleme: Mein Hinterteil bescherte mir Sitzprobleme, dabei war mein Strafvollzug ja noch nicht einmal beendet. Ich sah noch sehr schmerzhaften Zeiten entgegen... - und unbequemen, denn Karin hatte im Internet tatsächlich einen Keuschheitsgürtel für mich bestellt, der in den nächsten Tagen eintreffen sollte. Wie sich so ein Ding beim Tragen anfühlen würde, war mir schleierhaft, aber ich würde ihn zumindest einige Zeit lang tragen müssen und es also am eigenen Unterleib erfahren. Ja, auf mich kamen wirklich sehr harte Zeiten zu...

Abendlicher Gesang

Es begann an einem verregneten Freitagabend. Genau genommen schon am Morgen, denn das war der Beginn jenes Dauerregens, der unsere Wochenendpläne zunichte machte. Eigentlich wollten meine Herrin Doris und ich einen Wochenendausflug an die Nordsee machen, aber wem machen schon Strandspaziergänge im Regen Spaß? Uns jedenfalls nicht, also sind wir zu Hause geblieben. Damit die unerwartete Leere sinnvoll gefüllt werden konnte, kam meine Herrin auf die Idee, Gehorsamsübungen mit mir durchzuführen. Da ihre Laune wegen der unerwarteten Programmänderung nicht gerade die Beste war, widersprach ich ihr lieber nicht, denn das hätte für mein Gesäß erfahrungsgemäß sehr unangenehme Folgen gehabt. Also tat ich mein Bestes, um sie restlos zufrieden zu stellen. Dabei versuchte ich natürlich auch, ihr zu schmeicheln, wobei auch der sicher allen bekannte Satz ‚Ich tue alles für dich' als Ergebenheitsadresse zur Anwendung kam. Eigentlich hatte ich ihn nur so dahergesagt, um meiner Herrin zu huldigen, aber ohne ihm tatsächlich eine bestimmte Bedeutung beizumessen. Zu meiner großen Überraschung sprang meine Herrin jedoch sofort darauf an und vergewisserte sich: „So, so, du tust also alles für mich?"

Ich hätte es besser wissen müssen, aber in dem Moment überhörte ich den lauernden Unterton in ihrer Stimme und nickte bejahend. Auf Grund meiner Überraschung wegen ihrer Nachfrage reagierte ich allerdings recht langsam.

„Bist du plötzlich stumm geworden?", herrschte sie mich an, „Ich erwarte auf meine simple Frage eine prompte Antwort!" Sie unterstrich das Gesagte mit zwei saftigen Ohrfeigen.

Jetzt war ich hellwach und bekräftigte mit klaren Worten, dass ich jederzeit alles für sie tun würde. Den Einwand, dass das nur für legale Handlungen gelten würde, verkniff ich mir lieber, weil das ja eine Selbstverständlichkeit ist und deshalb nicht ausdrücklich erwähnt werden muss. Hätte ich es dennoch ausgesprochen, wäre meine ohnehin schon wegen des ausgefallenen Ausflugs gereizte Herrin womöglich vollends sauer geworden, was ich hätte ausbaden müssen.

Herrin Doris schien kurz nachzudenken, dann grinste sie plötzlich von einem Ohr zum anderen. Ich ahnte, dass dieses Grinsen nichts Gutes für mich bedeuten würde.

„Na schön", erwiderte sie schließlich mit einer Spur von Sarkasmus in der Stimme, „dann werde ich dich beim Wort nehmen! Ab in die Ecke, ich habe zu tun. Wehe, du rührst dich oder gibst auch nur einem Mucks von dir!"

Ich hatte nicht den Schimmer einer Ahnung, was sie sich gerade ausgedacht hatte, also konnte ich nur abwarten. Gehorsam und vor Aufregung ein wenig zitternd stellte ich mich in die angegebene Ecke und harrte der Dinge, die auf mich zukommen würden. Das war sowohl aufregend als auch angebracht, denn die Laune meiner Herrin war trotz der leichten Aufhellung wegen ihrer Idee noch immer mies, so dass jedes noch so kleine Anzeichen von Ungehorsam eine sehr strenge Tracht Prügel bedeutet hätte. Gegen ein paar liebevolle oder zumindest normale Hiebe hätte ich nichts einzuwenden gehabt, aber eine harte Züchtigung wollte ich dann doch nicht herausforderr.

Den Geräuschen nach zu urteilen hatte sich Herrin Doris in einen anderen Raum begeben um zu telefonieren, denn ich konnte gedämpftes Stimmengemurmel verstehen. Da wir alleine im Haus waren, lag der Verdacht mit dem Telefonat nahe. Es dauerte eine Weile, bis sie zurück kam. Endlich aber hörte ich ihre Schritte und gleich darauf erklang ihre Stimme: „Wir werde jetzt ein paar gute Freunde besuchen. Du kannst dich schon auf einen ‚tollen Abend' freuen, denn du wirst uns an einer wundervollen Darbietung teilhaben lassen. Aber bevor wir losfahren, wirst du gründlich duschen und dir einen Jogginganzug anziehen, damit du nachher schnell ausgezogen bist. Unterwäsche brauchst du gar nicht erst anzuziehen, das wäre Zeitverschwendung. Und jetzt los, beweg deinen faulen Arsch, sonst mache ich dir Beine!"

Natürlich brannte mir die Frage auf der Zunge, wohin wir fahren würden, aber die Deutlichkeit ihrer Worte ließ mich die Frage hinunterschlucken. Immerhin schloss ich aus meiner befohlenen Nacktheit unter einem Jogginganzug, dass wir jemanden besuchen würden, der von unserer speziellen Beziehung wusste. Dafür kamen eigentlich nur Lady Anna und ihr Sklave Karl in Betracht, mit denen wir schon manchen Abend und so manches Wochenende verbracht hatten. Diese Zeiten waren für Karl und mich meistens schmerzhaft, aber wir genossen beide die Hiebe und Strafen unserer Herrinnen und verlebten damit ebenfalls schöne Zeiten.

Nachdem ich fertig war, ging es los. Ich hatte mich hinsichtlich des Ziels nicht geirrt, und nach kurzer Fahrt standen wir vor der Haustür unserer Freunde. Anna öffnete uns in einem engen Lederdress, dessen tiefes Dekolletee köstliche Einblicke erlaubte. Die beiden Damen hatten offensichtlich alles bis ins Detail am Telefon besprochen und verloren nun keine Zeit, mit dem Spiel zu beginnen.

„Kommt rein, bei dem Scheißwetter seid ihr drinnen besser aufgehoben."

Tatsächlich waren wir klatschnass geworden, obwohl der Weg vom Auto zur überdachten Haustür recht kurz war.

„Du", herrschte mich meine Herrin im Flur an, „ziehst sofort deine nassen Sachen aus! In zwei Minuten bist du splitternackt im Wohnzimmer!"

Die beiden Damen gingen ins Wohnzimmer, wo Doris von Karl erst überschwänglich begrüßt wurde, bevor er auf alle Viere ging und ihr voller Hingabe die Füße küsste. Ich machte mich derweil im Flur rasch nackig und legte die wenigen Sachen ordentlich auf die Garderobe. Dann betrat ich ebenfalls den Raum und begrüßte Herrin Anna auf die gleiche Weise wie Karl meiner Herrschaft gehuldigt hatte.

Nachdem die Begrüßung auf die unseren Damen angemessene Weise erfolgt war, wurde das obligatorische Glas Sekt gereicht. Sogar Karl und ich bekamen ein Glas mit richtigem Sekt, was eine kleine Überraschung war, denn üblicherweise erhielten wir Wasser oder, wenn man uns etwas ‚Gutes' tun wollte, Natursekt. Während wir beide zu Füßen unserer jeweiligen Herrin knieten, unterhielten wir uns intensiv und gut.

Es dauerte aber nicht lange, dann wollten die Herrschaften mit dem beginnen, was sie sich ausgedacht hatte: „Lass uns anfangen und einen schönen Abend genießen", schlug Lady Anna vor.

„Sehr gerne, ich freue mich schon auf die Abendunterhaltung." Damit wandte sich Doris an mich: „Du hast vorhin vollmundig erklärt, alles für mich tun zu wollen. Ich nehme dich also beim Wort und verlange, dass du Lady Anna und mich gut unterhalten wirst! Wehe, wenn nicht!" Der drohende Unterton in ihrer Stimme war diesmal schärfer als sonst, deutlich schärfer. Was auch immer auf mich zukommen würde, sollte ich besser mit Bravour meistern, denn angesichts der schlechten Grundstimmung meiner Herrin würde es mir sonst übel ergehen. Natürlich brauchte ich keine Sorge zu haben, dass sie mich ernsthaft verletzen würde, denn trotz ihrer schlechten Laune hatte sie sich, wie übrigens auch Lady Anna, immer so gut im Griff, dass nie etwas so ausartete, dass wir es bereuen würden.

Mir schwante also bei ihrer Ankündigung nichts Gutes, zumal es für Karl und mich immer recht anstrengend wurde, wenn sich die beiden Frauen ein Spiel für uns ausgedacht hatten.[1] Hinzu kam, dass eine schlechtgelaunte Doris es lieb-

---

[1] Vgl. ‚Der etwas andere Dreikampf' in DNFF 150 bis 155.

te, ja, geradezu genoss, mich neben einer Züchtigung auch zu demütigen und zu erniedrigen. Ich ließ das gerne geschehen, denn zum einen bereitete es mir wirklich Spaß, auf diese Weise behandelt zu werden, zum anderen ergötzte ich mich an dem Genuss, den meine Herrin dabei empfand.

Nun war es also mal wieder so weit und ein uns Männern bislang noch unbekanntes Spiel sollte beginnen. Als erstes wurden Karl und ich ins ‚Spielzimmer' im Keller geführt. Der Anblick des bestens ausgestatteten Raumes faszinierte mich immer wieder, und ich ließ den Blick zu gerne über die Möbel und ‚Spielsachen' gleiten, die neben Schmerzen auch große Lust auslösen konnten. Beides war mir wohl bekannt und ich verband viele schöne Erinnerungen mit diesem Raum.

Ich war so in meine Erinnerung vertieft, dass ich gar nicht mitbekam, wie Herrin Doris mir meine Rolle erläuterte. Da ich dementsprechend nicht sofort reagierte, bekam ich eine Ohrfeige, die mich aufwachen ließ, zugleich vernahm ich den gedonnerten Befehl: „Bist du taub oder was? Also noch einmal ganz für dich: Du hast vorhin vollmundig erklärt, alles für mich tun zu wollen, und deshalb wirst du uns jetzt ein paar schöne Lieder singen!"

„Aber Herrin", wagte ich schüchtern einzuwenden, „ihr wisst doch, dass ich nicht singen kann."

„Keine Sorge, das bekommen wir schon hin. Hier", damit reichte sie mir eine ‚Mundorgel', jenes kleine Gesangbuch, das ich aus meiner Schulzeit kannte, „und jetzt fang an!"

Die beiden Damen saßen auf Stühlen, die wie Throne aussahen, während Karl zu ihren Füßen kauerte und mir aufmunternd zunickte.

Nun hatte ich tatsächlich kein musikalisches Talent, aber wenn meine Herrin eine Gesangsdarbietung von mir wünschte, bekam sie eben eine - mühsam ein paar falsche Töne hinauszuposaunen war immer noch besser als wegen Renitenz bestraft zu werden. Also überwand ich meine Hemmungen und begann zu singen. Sehr rasch hielten sich die beiden Damen die Ohren zu und kurz darauf unterbrach Herrin Anna meine Darbietung.

„Karl", wies sie ihren Sklaven an, „übernimm die Leitung und sei das Orchester! Und du", damit warf sie mir einen unergründlichen Blick zu, „bist Instrument und Chor zugleich."

Zwar wurde ich aus diesen Worten nicht schlau, aber schon stand Karl vor mir: „Ab über den Bock, ich werde jetzt dirigieren und du den Gesangspart übernehmen."

Diese Anweisung verstand ich sofort, auch wenn sie für meinen Po unangenehme Zeiten versprach. Wegen des Debakels mit meinem Gesang begab ich mich also eilig zum Strafbock und legte mich in der hinlänglich bekannten Position ab. Noch ehe ich mich versah, hatte mich Karl an Händen und Füßen festgebunden, dazu meinen Körper mit einem Leibgut gesichert.

Unvermutet tauchte das Gesicht meiner Herrin ganz dicht vor mir auf und in ruhigem Tonfall ermahnte sie mich: „Wir wollen gut unterhalten werden, also streng dich jetzt mehr an als eben, hast du mich verstanden?"

„Ja, Herrin."

„Wehe, wenn du mich enttäuscht!"

„Nein, Herrin, ich werde sie nicht enttäuschen! Ich werde mein Bestes geben, versprochen!"

„Hoffentlich!" In diesem einen Wort, gesprochen in einem Plauderton, lagen sowohl eine unheilschwangere Drohung wie auch die Verheißung einer Wohltat bei gutem Gelingen.

Der Kopf meiner Herrin verschwand aus meinem Gesichtsfeld. Dafür ließ sich Herrin Anna vernehmen: „Sklave Karl, fang an!"

Karl trat in mein Gesichtsfeld und verbeugte sich in Richtung der beiden Dominas. Dann hielt er eine kleine Ansprache im Stile eines Fernsehmoderators, die mit der Ankündigung endete: „Ich wünsche ihnen einen schönen Abend. Wir beginnen jetzt die Aufführung mit einem Adagio."

Damit trat er seitlich von mir hin. Zwar war er nun aus meinem Gesichtsfeld verschwunden, aber dafür konnte ich ihn spüren, denn er ließ seine Hände auf meinen nackten Po klatschen. Die Schläge kamen langsam und waren nicht besonders schmerzhaft, weshalb ich sie regungslos entgegennahm und auch keine Schmerzlaute hören ließ. Sie lösten vielmehr eine wohlige Wärme auf dem Gesäß und in mir aus. Es war sogar recht angenehm, den Po auf diese Weise voll gehauen zu bekommen, und ich spürte, wie sich mein Glied aufzurichten begann.

In diesem Keller versagte stets mein Zeitgefühl, und auch dieses Mal wusste ich nicht, wie lange ich ausgeklatscht wurde. Mit der Zeit wurden die Schläge jedoch etwas schmerzhafter, da sie sich überlagerten.

Irgendwann bemerkte Karl im Tonfall eines Moderators: „Nun, meine Damen, das war die Ouvertüre, nun kommen wir zum Mittelteil mit einem schönen Allegro – und der Gesang wird auch gleich beginnen."

Kaum waren seine Worte verhallt, knallte ein Paddle auf mein Hinterteil. Ja, das war ein ganz anderer Schmerz als die Handpatscher von eben! Sofort kam Bewegung in mich und während mein Gesäß wackelte, entfuhr mir ein „Aua!"

Dabei blieb es aber nicht, denn Karl verabreichte mir zügig Hieb auf Hieb, was meinen Körper in wilde Bewegung versetzte und mich immer lauter und länger Jammern ließ.

Karl führte das Paddle so gekonnt, als ob er täglich jemanden damit bestrafen würde. Seine Hiebe überschnitten sich nur selten, und wenn sie es taten, war genau das von ihm beabsichtigt, um meinen ‚Gesang' noch etwas anzuheizen.

So ging es eine ganze Weile hin und her, und ich begann schon zaghaft um Gnade zu bitten, als er sein Werk kurz unterbrach und verkündete: „Und jetzt gehen wir zum ‚Presto' über!"

Gleich darauf knallte eine Reitgerte auf mein Gesäß und ließ mich laut aufschreien. Kamen die Schläge mit der Hand recht langsam und bedächtig daher, so waren die Hiebe mit dem Paddle deutlich schneller, während ich die Streiche mit der

Reitgerte nun in einem sehr raschen Tempo bekam, eben ‚Presto'! Mein Körper kam jetzt überhaupt nicht zur Ruhe und wackelte unentwegt hin und her, während meine Schmerzensschreie ohne Pausen immer lauter durch den Raum hallten.

Ich war so mit mir selber beschäftigt und von Schmerzen erfüllt, dass ich nur am Rande mitbekam, wie Karl kurz innehielt und verkündete: „Jetzt geht es prestissimo!" Äußerst schnell ging es tatsächlich weiter, denn jetzt kamen die Hiebe noch schneller und trafen nicht nur mein Gesäß, sondern auch die Oberschenkel. Ich schrie wie am Spieß und begann zudem wie ein kleines Kind zu heulen.

Plötzlich war alles vorbei, was mein Gehirn aber erst mit einer gewaltigen zeitlichen Verzögerung realisierte. Die beiden Herrinnen spendeten stehend tosenden Applaus. Durch meinen Tränenschleier sah ich, wie Karl vor meinen Kopf trat, sich wie ein Bühnenkünstler verbeugte und den Applaus der beiden Damen genoss. Ich wusste, dass ich die Hiebe später auch genießen würde, aber im ersten Moment nach der Züchtigung tat mir einfach nur alles weh und ich fragte mich, warum ich das immer wieder mitmachte. Natürlich kannte ich die Antwort, denn in ein paar Stunden, wenn die ärgsten Schmerzen verklungen waren, würde ich die Striemen genießen. Aber im ersten Augenblick nach dieser ‚Darbietung' heulte ich einfach nur hemmungslos drauflos.

Die Stimme von Herrin Doris riss mich aus meinen Gedanken: „Na, das war doch ein sehr schöner Gesang! Du bist beinahe ein Naturtalent! Bist du immer noch bereit, alles für mich zu tun?"

„Bitte, Herrin, keine Hiebe mehr!!!", bettelte ich mit brüchiger Stimme.

„Nein, keine Hiebe mehr, von ‚Gesang' haben wir erst einmal genug. Wir möchten jetzt ein kleines Schauspiel genießen, machst du mit?"

„Ja, Herrin", hauchte ich mit matter Stimme.

„Braver Junge! Dann kommen wir jetzt zum zweiten Teil der Show." Dabei strich sie mir zärtlich über den Kopf.

Kaum hatte sie wieder ihren Platz eingenommen, als ich etwas Kühles auf meinem Po spürte. Erschrocken zuckte ich zusammen, doch Karls Stimme beruhigte mich: „Ganz ruhig, das bin nur ich."

Die Berührungen seiner Finger ließen mich trotz aller Sanftheit immer wieder zusammenzucken, aber die Kühle der Creme tat richtig gut! Ich glaubte, dass er mir das ganze Hinterteil einschließlich der malträtierten Schenkel eincremen würde, aber darin irrte ich. Plötzlich realisierte ich, dass er sich lediglich auf die Poritze und mein hinteres Loch konzentrierte. Ich ahnte, was nun kommen würde.

„Nein, Karl, bitte nimm mich nicht!", bettelte ich.

„Lass schön locker, es ist nur mein Finger, der dich etwas eincremt."

„Mein Hintern tut furchtbar weh, den kannst du jetzt nicht bumsen. Bitte, bitte, lass es sein!"

„Pst, mach dir keine Gedanken, genieß es einfach! Anna und Doris wollen eine Show, und die werden wir ihnen jetzt liefern! Außerdem hast du deiner Herrin zugesagt, bei dem Schauspiel mitzumachen, schon vergessen?"

Nein, vergessen hatte ich es nicht, aber verdrängt. Zudem mochte ich es nicht, von hinten genommen zu werden. Herrin Doris wusste, dass ich auf Frauen stehe, aber um mich zu demütigen, ließ sie mich hin und wieder von Herrin Annas Sklaven Karl anal nehmen oder befahl mir, Oralsex an Karl zu praktizieren.

Während Karl seine Arbeit des Eincremens beendete, war ich noch unschlüssig, ob ich das Codewort sagen sollte, als schon Herrin Doris Stimme ertönte: „Na los, du Faulpelz, den Arsch herausgestreckt für das Schauspiel!"

Ich seufzte und tat, wie mir befohlen war. Sofort zog Karl meine Hinterbacken auseinander und gleich darauf spielte seine Eichel mit meiner Hinterpforte. Vor lauter Aufregung verkrampfte ich jedoch, was den Geschlechtsakt erschwerte.

„Lass schön locker, dann geht es ganz leicht, das weißt du doch", ermahnte mich Karl.

Er hatte Recht, ich wusste das wirklich, aber vielleicht hatten mich die vorangegangenen Hiebe etwas schwerfälliger gemacht. Meine Reaktion war jedenfalls nicht optimal.

Wieder erklang die Stimme meiner Herrin, die rief: „Weg da!", und gleich darauf knallte der Rohrstock auf mein Gesäß.

„Aua, auuuuuh!"

„Den Arsch rausgestreckt und um einen Fick gebettelt, aber sofort, oder willst du noch mehr Schläge?"

„Nein, bitte, ich… keine Hiebe mehr!"

„Dann streck den Arsch raus, mach die Muskeln locker und bitte Karl um einen Fick! Groß rumtönen, dass du alles für mich tun würdest, und kaum nimmt man dich beim Wort, spielst du die Mimose! Also los jetzt, hör endlich mit dem Herumgezicke auf, du Mädchen, du, und tu, was man dir sagt! Wir wollen einen hübschen Live-Porno sehen und dich vor Lust stöhnen hören!"

Ich versuchte zu gehorchen und stammelte stöhnend: „Bitte - lieber Karl – fick, fick mich. Bitte, bitte - fick mich."

Sofort unternahm Karl einen neuen Anlauf. Wieder spürte ich seine Eichel an meinem Poloch und merkte, wie sich langsam mein hinteres Loch öffnete. Vorsichtig glitt sein Glied in mich hinein.

Während ich zu Stöhnen begann, amüsierten sich die beiden Damen prächtig. Sie gaben Rufe der Bewunderung von sich, wenn Karl seinen Ständer leicht zurückzog und lachten, wenn er ihn wieder tief in mich einfahren ließ. Das Gefühl, gestopft zu sein, wurde immer größer und mit zunehmender Dauer des Aktes bekam ich das Gefühl, als ob mein Darm jeden Moment platzen würde.

Die Damen dagegen johlten vor Vergnügen! Sie traten schließlich sogar ganz nah heran, um alles aus nächster Nähe verfolgen zu können.

„Los, stoß zu, fick den Kerl!", feuerte Anna ihren Sklaven an.

„Ja, mach ihn fertig, bums ihn in den siebten Himmel!"

„Hör nur seine Lustschreie, er liebt es, er liebt es!"

„Los Karl, pump ihn voll!"

Karl befeuerten die Anfeuerungsrufe, und seine Stoßbewegungen wurden immer heftiger! Von meinen Schreien, halb vor Schmerz, weil seine Lenden auf mein verstriemtes Gesäß trafen, und halb vor Lust stieß er mich immer hektischer. Sein Keuchen wurde auch immer lauter – ganz offensichtlich war er nun von einem Lustrausch gepackt. Während er mich immer schneller nagelte und mein Gesang dementsprechend anschwoll, küsste jemand meinen Kopf. Gleichzeitig spürte ich, wie mich jemand von unten zwischen die Beine fasste und mein wild schwingendes Juwelensäckchen packte und sanft zu massieren begann. Sofort erfasste mich unbändige Geilheit, die sogar die Bohrung in meinem Hinterteil überlagerte. Mein Penis versteifte sich und fing an, wie wild zu pochen.

Ich war so von meiner Lust umfangen, dass ich erst spät bemerkte, wie sich Karl in meinen Darm ergoss. In dem Moment, als ich es registrierte, brachte mich die Hand zwischen meinen Beinen zu meinem eigenen Höhepunkt. Ohne darüber nachzudenken, wo mein Saft landen würde, entleerte ich meine Hoden. Irgendwer würde es später aufwischen müssen, aber darüber machte ich mir in dem Moment keine Gedanken.

Nun, da es vorbei war, banden mich Anna und Doris rasch los, aber meine Behandlung war noch nicht beendet.

„Dein Hintern ist voller Sperma, das darfst du unmöglich behalten", belehrte mich Doris, „denn Karls Sperma gehört

Anna, wenn du es in dir halten würdest, wärst du ein Dieb, und Spermadiebe werden hart bestraft. Stimmt doch, Anna?"

„Aber ja", pflichtete die Angesprochene eifrig nickend bei, „er muss alles wieder herausrücken, darauf bestehe ich! Ansonsten müsste er ausgiebig ausgepeitscht werden!"

Mich erfasste bei diesen Worten eine leichte Panik, und so bettelte ich sofort: „Bitte, bitte, keine Hiebe mehr!!!"

„Keine Sorge", beruhigte mich Herrin Anna, „du bekommst jetzt ein Klistier, mit dem wir das Diebesgut aus dir herausholen werden. Danach ist alles wieder gut!"

Sie führten mich zu einer Liege, auf der ich niederknien musste. Als nächstes verlangten die beiden Herrinnen, dass mein Oberkörper abgesenkt wurde, wodurch mein Hinterteil hübsch herausgestellt wurde.

„Achtung, hier kommt das Mundstück vom Klistier. Gleich ist das gestohlene Sperma draußen!"

Ich war müde, einfach nur müde. Gleich darauf war das Mundstück eingeführt und ich vorbereitet. Nun wurde die Flüssigkeit in mich eingeführt, was ich mit einem immer lauter werdenden Stöhnen quittierte.

„Du Memme!", schimpfte meine Herrin, „Zeig mir, dass du wirklich alles für mich tun würdest und nimm die läppischen zwei Liter auf wie ein richtiger Mann!"

Ich wollte erwidern, dass das alles zuviel für mich sei, aber ich konnte nicht sprechen – die Schreie hatten mich heiser werden lassen. Derweil lief immer mehr Flüssigkeit in meinen Körper.

Meine Lage wurde immer unangenehmer, aber dann schien es plötzlich vorbei zu sein. Tatsächlich hörte ich plötzlich die erlösenden Worte: „Er hat jetzt alles in sich drin! Noch drei Minuten warten, dann darf er auf die Toilette!"

Auch wenn ich die Worte nur wie durch einen Nebel vernommen hatte, gaben sie mir Hoffnung! Drei Minuten, das waren hundertachtzig Sekunden, und die würde ich durchhalten, zur Ehre meiner Herrin.

Natürlich war mir jegliches Zeitgefühl abhanden gekommen, aber schließlich führte mich Karl mit dem Mundstück im Poloch zu einer Toilettenschüssel. Gleich darauf entleerte ich mich mit vielen tiefen Seufzern.

Während ich mich vor den Augen der beiden Damen und unter Karls Blick entleerte, lachte Herrin Doris: „Was für eine Geräuschkulisse, fast wie ein Feuerwerk!" Herrin Anna befahl Karl: „Wenn er fertig ist, machst du ihn sauber und bringst ihn hoch, danach räumst du hier auf!"

„Ja, Herrin!"

Damit zogen sich die Damen eilig zurück. Verständlicherweis wollten sie dem unangenehmen Geruch im Kellerraum entkommen, während Karl und ich darin noch aushalten mussten. Erst als er sicher war, dass ich mich vollkommen entleert hatte, führte er mich in einen Nebenraum, in dem sich eine Dusche befand.

Mit wackeligen Beinen stellte ich mich unter die Dusche und genoss das lauwarme Wasser. Karl ließ mich keine Sekunde aus den Augen, denn in meinem Zustand war es nicht ausgeschlossen, dass meine Beine wegknicken würden.

Ich ließ lange das Wasser über mich laufen. So langsam kehrten meine Lebensgeister ins Hier und Jetzt zurück. Als ich endlich fertig war, trocknete mich Karl ab, wobei er bei meinem Gesäß sehr vorsichtig zu Werke ging.

Nachdem er mit dem Abtrocknen fertig war, legte er mir eine Windel an. „Nur für den Fall der Fälle", meinte er entschuldigend, „es könnte ja sein, dass noch der eine oder andere Tropfen aus deinem Darm nachläuft." Ich kam mir mit Windel zwar komisch vor, aber es kam noch erniedrigender: Auf Befehl meiner Herrin musste ich eine rote Inkontinenzhose aus PVC über die Windel ziehen.

Karl merkte dazu lakonisch an: „Deine Herrin meint, das die Farbe sehr gut zu deinem verstriemten Hintern passen würde!"

Als mein Unterleib hinreichend vor auslaufenden Flüssigkeiten geschützt war, durfte ich ins Wohnzimmer zu den beiden Damen gehen. Karl lieferte mich dort ab, machte aber gleich wieder kehrt, weil er den Keller säubern und aufräumen musste.

Meine Herrin empfing mich mit den Worten: „Du hast gesagt, dass du alles für mich tun würdest. Nun ja, heute hast du deinen guten Willen dazu bewiesen. Mal schauen, wann ich dich das nächste Mal beim Wort nehmen werde. Und jetzt leg dich hin und schlaf, während Anna und ich uns unterhalten."

Gehorsam legte ich mich zu ihren Füßen auf den Boden, rollte mich seitwärts zusammen und war ganz schnell eingeschlafen. Meine Erschöpfung war nach diesem Tag einfach zu groß.

Ebenfalls von I. DIGAS lieferbar:

Es tanzt der Gelbe Onkel

Stöckchenreime und Lehrgedichte für Spankingfreunde,
ISBN 978-3-7347 7254-2

Strenge Frauen und ihre Männer

Spankinggeschichten über dominante Frauen
ISBN 978-3-7519-2154-1

Erziehe mich mit Strenge

Spankinggeschichten über dominante Männer und ihre
Frauen
ISBN 978-3-7519-5906-3

O du Schmerzhafte

Weihnachtliche Spankinggeschichten

ISBN 978-3-7526-2716-9

Gleich und Gleich bestraft sich gerne

Spankinggeschichten F/F und M/M

ISBN 978-3-7543-1473-9

Faszination Spanking

Essays über Rohrstockspiele

ISBN 978-3-7543-5644-9

Geliebte Feuerküsse

Spankinggeschichten

ISBN 978-3-7562-1029-9

Bücher befreundeter Autoren:

Andy Daring

Es dirigiert die Peitsche

Bitter-süße SM-Poesie

ISBN 978-3-7460-9213-3

Gedanken über den Sadomasochismus

Essays zum Thema BDSM

ISBN 978-3-7519-8327-3

Die dunkle Lust der Seele

BDSM-Geschichten und Essays

ISBN 978-3-7534-2138-4

Gerd Süßmann

Aus dem Leben eines Adult Babys
Ein Erwachsener mit Windel
ISBN 978-3-7519-2138-1

Wegen Inkontinenz zum Adult Baby
Vom Mann zum erwachsenen Babymädchen
ISBN 978-3-7526-8366-0

Yvonne Satin

Ich öffne mich für dich
Erotische Gedichte
ISBN 978-3-7519-5476-1

Thomas Frohsinn

Küssende Männerherzen
Homosexuelle Liebeslyrik
ISBN 978-3-7519-1481-9